帝都契約嫁のまかない祓《ばら》い

忘れられない柏餅

飛野 猶

角川文庫
24537

目次

「人を襲う怪異を討つのが
鷹乃宮の役目だ」

鷹乃宮《たかのみや》聖《ひじり》

歴史ある陰陽師の名家・鷹乃宮家の力を継ぐ、若き当主。冷たい美貌の侯爵。「特四」に所属している。

特四とは……

陸軍近衛第四特殊師団の略。妖や悪霊、人に障る荒神などの怪異を討伐するための部隊。中でも抜きん出た力を持つ聖は、大悟と庄治の3人で活動している。

直来《なおらい》多恵《たえ》

母に仕込まれた料理の腕は一人前の素朴な少女。実はその料理には不思議な力が……。

「よしっ。
聖さんの思い出の味、
作ってみよう！」

「オレにかかったら、どんな怪異もいちころや」

大江大悟
おおえだいご

聖の幼馴染。過去の因縁から、鷹乃宮家に代々仕えている。体格がよく、気さくな性格。

竹中庄治
たけなかしょうじ

情報収集担当として聖を助ける。管狐使いで、十七匹を使役している。性格はお堅く生真面目。

「僕も何かできることがあれば言ってください」

イラスト◆白谷ゆう

帝都契約嫁のまかない祓い
ていとけいやくよめのまかないばらい

登場人物紹介

第一章　七人みさきと海鮮粥《がゆ》

「なんちゅうこった……」

白砂の浜辺に立つ男は、目の前の光景が信じられず呆然《ぼうぜん》とした顔で唸《うな》った。驚きと恐怖のあまり、歯の根がうまくかみ合わずそれ以上の言葉が出てこない。

こんな晴天の日には、いつもなら漁より戻った船から荷下ろしをする漁師や村民たちの姿で活気づいているはずの浜辺が、いまはしんと静まり返っている。

浜辺に寄せては返す波の音と、みゃーおみゃーおと鳴きながら空を渡っていく甲高い海鳥の声がやけに不気味にあたりに響いていた。

男は魚の行商を生業《なりわい》としていた。いつものように魚の買い付けのためにこの漁村にやってきたのだが、異変を感じたのは村に入ってすぐのことだった。

いたるところに、村人たちが倒れて動かなくなっている。

浜辺、海に続く小道、海岸線にそって建ち並ぶ掘立て小屋のような家の中……。

あちこちに村人たちの骸《むくろ》が倒れていた。その中には、明らかに小さい子どものものや、おくるみに包まれた赤ん坊の骸すらある。

みな一様に、ピクリとも動かない。目はひんむかんばかりにかっと見開かれており、何かを叫ぼうとしたのか口を大きく開いたままの者も少なくなかった。

さらに異様なのは、どの骸も体内の水分を吸いつくされでもしたかのように手足が枯れ木のごとく細くなり、顔が皺《しわ》だらけになっていたことだ。全身の皮膚も触れれば崩れそうなほどボロボロだった。

一昨日《おととい》この村に来たときは、何の異変もなかったはずだ。男たちは漁に出て、女たちがそれを迎え、子どもたちは元気に走り回っていた。

それがたった二日離れていた間に、この有様だ。

一体、この二日の間に何があったというのだろう。男には皆目見当もつかなかった。

おかしいことといえば、このところ海が凪《な》いでいる日がたびたびあったことくらいだ。

凪の日は船が沖に出られないため魚も獲《と》れない。

とくに昨日はここらの海岸一帯が完全に凪いでしまって、風がまったく吹かなかった。漁を断念した漁師も多かったはずだ。

しかし今朝方からまたいつものような海風が戻っていた。だから、今朝はきっとこの村の漁師たちも、待ってましたとばかりに意気揚々と船に乗り込んで魚を獲って来たんじゃないかと、内心期待しながら村まで来たのだ。

それがまさか、こんな事態になっているなどとは思いもしなかった。

大人も子どもも誰一人、生きている者はいないかのようだ。村から、およそ人の気配というものが消えていた。

「い、生きているものは、おらんのか。いったい、どういうことなんや。なぁ、おい。何があったっちゅうねん」

男は村の中をふらふらと彷徨《さまよ》うように歩いて、生き残りを探した。

「流行《はや》り病でもあったんやろか。そやけど、それにしちゃ、なんで家の外に倒れてるのが多いんやろ」

倒れている者を見つけるたびに生死を確認していたが、一人二人と確認していくたびに恐ろしさが募って次第に近寄らず見るだけになっていた。

それでもただひたすらに、生存者を探し回った。

あとで考えれば、すぐに近隣の村に助けを呼びにいけばよかったのだが、このときは衝撃のあまり頭が回らなくなっていたのかもしれない。

生存者を見つけられさえすれば、この地獄のような有様が少しでも救われるような心持ちになっていた。

男はとうとう、村の外れにある海神を祀《まつ》った神社の鳥居までやってくる。ここにも、三人が倒れていた。着物の柄や背丈からして若者たちのようだ。とはいえ、みな一様に枯れ木のような皮膚をしているため顔を見ても年齢はうかがい知れない。見知った顔も多いはずなのだが、それもわからないほどだった。

なぜか競い合って境内に逃げ込もうとするかのように重なり合って倒れていた。

一番上の人物の頭にねじり鉢巻きが見えた。男は咄嗟《とっさ》に駆け寄って身体を揺さぶる。

「お、おいっ！」

ねじり鉢巻きをした大柄な体格に見覚えがあった。よく大物の魚を売ってくれる馴染《なじ》みの若い漁師によく似ている。男が顔を確かめようと身をかがめて覗《のぞ》き込んだときのこと。若い漁師の下に重なるように倒れていた女から「うう……」というくぐもった声が聞こえた。

「生きとんのか⁉」

男はまったく動かない若い漁師の大きな身体を全身を使って退《ど》けると、その下から女を救い出す。

仰向《あおむ》けにしてやると、女は焦点の合わない濁った瞳《ひとみ》で虚空をみつめたまま、あうあうと皺だらけの口を微《かす》かに動かした。何か言おうとしていると察した男は、女の口に顔を寄せる。

「なんや？　水がほしいんか？」

女はぱくぱくと口を動かすが、ひゅーひゅーと息が漏れる音に紛れてほとんど声は聞こえない。わずかに男の耳が拾えた言葉は。

……ウミカラ、クル……シシャガ、カエッテクル……

「海から、来る？　使者？　いや、死者か？　おい、どういうことやねん。そいつが村をこないにしてもうたんか!?」

男は詳しい話を聞こうと女の身体を揺さぶったが、女は目を見開き、口を開けたまま動かなくなっていた。

「どういうことなんや。何が来たっちゅうねん」

そういえば、と男はふと思い返して、あることに気づいた。ぞわりと背筋に悪寒が走る。

村人たちはみな、海を背にして倒れていた。その様はまるで、海から逃げようとしているかのようではないか？

男は慌てて立ち上がると、怯《おび》えた目で坂の下に広がる景色を見やった。

真冬だというのに、ハッハッと荒く短い息を繰り返す男の額からは、玉の汗がいくつも噴き出しては頰を伝って流れ落ちる。

男は素早く、あたりに視線を巡らせた。

坂の下には粗末な漁村の平屋が建ち並び、さらにその向こうに白い浜辺と青々とした海が広がっている。白波が浜辺に打ち寄せては砕けて消えていく静かな海の景色。

いつもと変わらない穏やかな冬の海の景色だ。

しかしいまはその海から得体のしれない何かが這《は》い上がってきて、こちらをじっと狙っているんじゃないかと怖くなる。見慣れた海の姿が不気味な化け物のように思え、男は数歩後ずさると悲鳴をあげて一目散に逃げだした。

後ろから響く海鳥の声が、おーいおーいと男を引き留める何モノかの呼び声のように男には聞こえていた。


鷹乃宮《たかのみや》家の厨房《ちゅうぼう》で多恵《たえ》は今日も夜食づくりに勤しんでいた。

土間の端に設《しつら》えられた竈《かまど》の上の羽釜《はがま》からは、しゅーしゅーと真っ白い蒸気が噴き出すとともに、木蓋《きぶた》の間からぐつぐつと小さな泡が覗いている。

米の炊きあがるふくよかな香りが厨房に漂っていた。

ここにはガス竈もあるのだが、どうにも勝手がわからなくて上手《うま》くいかないことが多いため、多恵は昔ながらの土竈を好んで使っている。

とはいっても、侯爵家である鷹乃宮家の奥様が土間へしゃがみこんで煤《すす》に塗《まみ》れて働くわけにもいかない。竈へ薪《まき》を入れて火の調整をするのは厨房長の嘉川《かがわ》がやってくれていた。

嘉川は白い法被の調理衣に身を包んだ恰幅《かっぷく》のいい五十過ぎの男で、髪の毛はかなり後退しているものの目つきは鋭い。眉間《みけん》にはいつも深い皺が寄っているので、他の料理人たちからは一目も二目もおかれつつも怖がられている存在だ。

「こんな感じでよろしいですね」

身をかがめて薪の燃え方を見ていた嘉川が顔を上げ、肩にかけた手ぬぐいで首元の汗をぬぐった。

冬の名残のような寒さで朝晩はまだ冷え込む日も多いとはいえ、炎が燃え盛る竈の前にずっといると燻《いぶ》されるように暑くなる。

「はい。ありがとうございます。あとは待つだけですね」

多恵は木蓋から勢いよく噴き出している白い蒸気を注意深く眺める。

今夜も厨房の料理人たちが鷹乃宮の敷地内にある使用人寮へ帰った夜更けに、多恵と嘉川の二人で聖《ひじり》の夜食をつくっていた。

聖は侯爵・鷹乃宮家の当主でありつつ、帝国軍の近衛《このえ》第四特殊師団、別名特四という怪異・妖《あやかし》関連の事件を扱う対怪異部隊の中尉として働いている。そのうえ陸軍大学校に通うという二足ならぬ三足の草鞋《わらじ》という多忙な日々を送っていた。

彼とは奇妙な縁で契約結婚をすることになってしまったが、元々定食屋で料理に腕を振るっていた多恵にとって、毎日夜遅くまで頑張る聖のために夜食を作るのは一日の楽しみにまでなっていた。

釜から漏れ出る蒸気は少しずつ減っていき、それに呼応するように竈に入れた薪も燃え尽きて火の加減も自然と小さくなっていく。

釜での米の炊き方は、はじめちょろちょろなかぱっぱ、赤子泣いても蓋とるなといわれるとおり、はじめは弱火のまま次第に火力を強くして釜の中の水を沸騰させ、そのあと強火で炊いて、最後は火力を弱めながら蒸しあげていく。

釜から蒸気がでなくなり充分に蒸しあがったのを確認すると、布巾《ふきん》で木蓋を摑《つか》んで開けた。

「うわぁ、おいしそう」

釜の中に籠《こも》っていた蒸気がふわっと立ち昇り、粒の立ったご飯が顔を覗かせる。ご飯は全体的にうっすらと茶色みを帯び、薄く切ったタケノコと油揚げがのっている。

今日は、嘉川が初物のタケノコを手に入れてきてくれたので、タケノコご飯を作ってみたのだ。味付けは出汁《だし》と醬油《しょうゆ》、みりんだけ。濡《ぬ》らしたしゃもじでかき混ぜると、醬油とおこげの香ばしい香りが湯気とともに立ち昇って、なんとも食欲をそそる。

しゃもじで少量を手のひらにとって味見してみた。ご飯の炊き加減はふっくらもっちりとしており、醬油と出汁の風味が豊かに口の中に広がる。そこに、こりっとしたタケノコの食感がたまらない。

「うん。美味《おい》しくできた」

小さく頷《うなず》く。うまく炊きあげられたようだ。さっそくタケノコご飯をすくっておひつへ移す。おひつがいっぱいになったら、厨房の真ん中にある平台へと置いた。

「手早くやっちゃいますね」

袖《そで》をまくり、熱々のまま手で握っておにぎりにしていく。

嘉川が最後の火の始末をしてくれている間に、多恵は次々とタケノコご飯をおにぎりにして平台の上に置いた大皿へと並べていった。

今夜は聖の部屋に、彼の幼馴染《おさななじみ》であり部下でもある大悟《だいご》と、同じく部下の庄治《しょうじ》が来ていた。きっとまた、遅くまで仕事の話をしているのだろう。

もちろん、彼らの分もおにぎりを用意するつもりだった。おにぎりを大皿から必要な分だけ小皿に移し替え、急須《きゅうす》に煎茶《せんちゃ》と、湯呑《ゆのみ》も用意して準備は完了だ。

タケノコご飯は全部おにぎりにしてしまったが、まだ沢山残っている。手伝ってくれる嘉川や夜勤をしている屋敷の人たちのために多めに作っておいたのだ。

「それじゃ、聖さんのところに持っていきますね。残りはみなさんでわけてください」

おにぎりは冷めても美味しいが、できれば熱々を食べてもらいたい。

多恵は急いでおにぎりの小皿と煎茶一式を盆にまとめると、土間用のつっかけを脱いで板間へあがった。

「ああ、いってらっしゃい」

いつもは険しい嘉川の表情も、このときばかりはわずかばかり目じりが下がる。

板間で夜食が出来上がるのを待っていた専属女中のキヨが、いつものように手持ち行燈《あんどん》で暗い廊下を照らして聖の部屋へと先導してくれる。その後ろをおにぎりが転がり落ちないように気をつけながら、多恵も続いた。

聖の部屋の前につき、キヨがドアを叩《たた》く。

「はーい。ちょっとまってなー」

中から関西弁訛《なま》りの大きな声が応《こた》えた。次いでドアが勢いよく開くと、軍服の前を開けて着崩した大柄な男がぬっと顔を出す。大悟だ。

「多恵ちゃん、こんばんはー。お、今日は何もってるん？　わあっ、タケノコおにぎりやん！　うわぁ、めっちゃうまそう！」

早口でまくしたてる大悟に、多恵はにっこり笑顔で返す。

「大悟さんたちの分もありますから、ぜひおあがりください」

「いつもおおきに。オレ、多恵ちゃんの作る夜食食べるんがほんま楽しみでしゃーないねん。ささっ、どうぞどうぞ」

大悟がドアを押さえてくれたので、ここまで先導してくれたキヨに礼を言って別れる。キヨは小さく会釈すると手持ち行燈を持って暗い廊下を戻っていった。厨房にはキヨの分もタケノコおにぎりを作ってあるので、きっと寮に持ち帰って食べてくれることだろう。

部屋の中に足を踏み入れると、室内は昼間のように明るい。天井に備え付けられた舶来物の硝子《ガラス》製天井灯からは柔らかな光が部屋全体に降り注いでいた。

向かって左手には天井まで届く本棚で壁が埋められ、沢山の本が並んでいる。右手は障子で仕切られており和室へと続いていた。いま障子戸は閉め切られている。

部屋の奥には聖がいつも執務や勉強に使っている大きな机がこちらを向いて置かれている。その手前、部屋を入ってすぐのところに向かい合わせに置かれた二人がけの応接椅子があり、いつものようにそこに聖と庄治の姿もあった。

聖は軍服を応接椅子の背もたれにかけ、立ち襟の白シャツ姿で腰かけて難しい顔で分厚い書類を読んでいた。

切れ長の目元に、すらりと鼻梁《びりょう》が高く整った顔立ちの彼は、ただ仕事をしているだけの姿も美しい。

その横で後ろ手を組んで直立する眼鏡の青年は聖の部下の庄治だ。彼の肩の上では、イタチのような姿をした妖の管狐《くだぎつね》が毛づくろいをしている。庄治は何匹も管狐を使役しており、斜め掛けにしている雑嚢《ざつのう》には管狐をしまっておく竹筒を何本も忍ばせているのだという。

お仕事を邪魔してはいけないとばかりに多恵はタケノコおにぎりの載った盆をそっと応接椅子の間の低卓《ローテーブル》に置いた。

しかし、庄治の肩にいた管狐が、多恵の盆から立ち昇るタケノコおにぎりの香りに鼻をひくひくさせたかと思うと、『きゅっ！』と一声鳴いて素早い動きで跳びついてこようとした。

「あ、イチ！」

庄治が止めようと手を伸ばすが、慌てた拍子に眼鏡がずり落ちてしまって間に合わない。

「ひゃっ」

急に飛び掛かられて多恵は驚く。すぐさま大悟が盆を持ち上げてタケノコおにぎりをイチの突撃から避難させ、庄治に代わって聖が盆に跳びつこうとしていたイチの胴体を右手でパシッと掴んだ。絶妙な連携作業で、イチの襲撃からタケノコおにぎりを守ることに成功する。

『きゅるる⁉』

困惑した声をあげるイチだったが、聖に掴まれて動けない。ようやく眼鏡を直した庄治が慌ててイチを聖から受け取ると、恐縮しきりで聖と多恵に頭を下げた。

「だめだろ、イチ！　す、すみません！　こいつタケノコが大好物だったのすっかり失念していましたっ」

うっかりイチにタケノコおにぎりを食い尽くされるところだったが、幸い未然に防ぐことができたのでそんなに謝られると多恵まで申し訳なくなってくる。

「大丈夫ですよ。幸い、おにぎりの方は無事でしたから」

大悟が低卓に戻してくれた盆から、こぶりなおにぎりを一つとってイチに渡してやると、円《つぶ》らな黒い瞳《ひとみ》を『きゅる？』と輝かせた。器用に小さな両前脚でおにぎりを掴み美味しそうにハムハムと食べる姿がなんとも可愛らしい。

大悟もおにぎりを一つ取ると、ほんの三口ほどですぐに食べ終えてしまう。

「春の味やなぁ。ふっくらしたご飯とタケノコがええ味出しとるわぁ」

指を舐《な》めながらしみじみ語る大悟の感想に、多恵は頬を緩めた。喜んでもらえるのが何よりだ。おにぎりの載った皿を聖の前に差し出す。

「聖さんも、どうぞ」

ありがとうと礼を述べて、聖もおにぎりを一つ手に取った。大悟とは違って、育ちの良さを感じさせる上品な所作で口に入れると、静かに味わう。

多恵から煎茶の湯呑も受け取り、おにぎりを食べ終わったあとお茶で喉《のど》を潤してほうっと息をついた。

「いい味だ」

「ありがとうございます」

聖の言葉に、多恵は顔を綻《ほころ》ばせる。料理を美味しいと言ってもらえるのは嬉《うれ》しいが、他でもない聖に褒めてもらうのが格別嬉しい。ほわっと胸の奥にあたたかいものが広がって幸せな心地になるのだ。

「もうタケノコが生える季節なんだな。最近、時が経つのを早く感じる」

煎茶を飲みながら呟《つぶや》く聖に、すでに三つ目のおにぎりを頬張りながら大悟が返す。

「そうやで。忙しさにかまけてたら、あっという間にじいさんになってまうで。多恵ちゃんが鷹乃宮に来たんがついこの前のように思うけど、もう半年近く経つねんなぁ。そういや、お前ら結納は交わしたん？　結婚式はまだ先なんやろ？」

大悟に指摘され、多恵は思わず聖を見る。聖も多恵に目を向けたあと、バツが悪そうに目を逸《そ》らした。

こずってる」

「一応、まだ学生の身分でもあるしな。それに、分家筋にうるさい連中がいて調整にて

聖と多恵の婚姻はあくまで契約結婚だ。火事で焼け出されて莫大《ばくだい》な賠償金を負ってしまった多恵と、先祖から続く呪われた宿命のために子孫を残すことを避けたい聖との間に結ばれた、形ばかりの婚姻関係にすぎない。

しかし分家筋の中にはどこの馬の骨とも知れない多恵との結婚に難色を示す者もあった。鷹乃宮家は侯爵家であり、平安《へいあん》時代から続く由緒ある家柄だ。同格の伝統ある家から嫁を取るべきだという声も根強いらしい。

本家当主といえどまだ若く経験の浅い聖では分家をまとめきれているとはいえないのを、彼自身ももどかしく感じているところがあるようだ。

多恵としても、数か月を鷹乃宮の屋敷で過ごし、聖の人となりを知ったいまとなっては、契約結婚だからと心情的に割り切れなくなっていた。

いまさら鷹乃宮の嫁に不向きだからと追い出されるのは嫌だ。

だから、分家とのやりとりに苦慮している聖の姿を見るにつけ、どうかうまくいってほしいと心の中で密かに祈らずにはいられなかった。

そんな定まらない身の上なのだから、結納を交わしたいとか、まして式を挙げたいなんて贅沢《ぜいたく》を望むつもりはない。ただ、彼のそばにいられればそれでいいと思っていた。

それなのに多恵を不憫《ふびん》に思ってか、大悟は新たな提案をしてくる。

「だったらせめて、新婚旅行に行くのはどうや？　多恵ちゃんかて、もうちょっと新婚らしいもんしたいやろ？」

「え？　え？　私ですか？　そ、そんな聖さんはお忙しい身なのは重々承知ですし……」

当然、聖も反対するものだとばかり思っていたのだが、意外にも彼は興味を持ったようだった。

「新婚旅行か。たしかに最近、華族連中の間で誰がどこに行ったとかちょくちょく耳にするな」

そこに庄治が口をはさむ。彼の首にはマフラーのようにイチが巻き付いて、小さな寝息を立てていた。お腹がいっぱいになって眠くなったのだろう。

「鎌倉《かまくら》や軽井沢《かるいざわ》、逗子《ずし》あたりが人気だと雑誌に書いてありました。あのあたりの避暑地に別荘をお持ちの方々も多いようですし。ほかには京都や伊勢参《いせまい》り、財閥のご子息には米国へ行かれた方もあるとか」

「へぇ、海外はすごいなぁ。どんだけ時間と金が有り余っとるんやろ」

大悟はごく庶民的な感想を漏らす。聖はというと顎《あご》に手を当てて何やら考えていたが、すっと視線をあげて多恵を見たので思わずドキリと鼓動が大きく鳴った。

「そういえば、舞鶴《まいづる》のあたりにもうちの別荘があったな。そこに行ってみるのもいいかもしれん。ついでで申し訳ないが、あのあたりには鷹乃宮の所有する土地が沢山あって管理人任せにしていたから、一度様子を見に行かねばならないとずっと気になっていたんだ」

なんて聖が言いだすものだから、心臓はますますうるさくなる。

（聖さんと……新婚旅行……。新婚旅行ってその、二人で遠くへ……？）

新婚旅行というものがどういうものなのかいまいちはっきりとわかっていなかったが、なぜかその言葉に甘酸っぱい響きを感じて顔が熱くなってしまう。

「ちょうどもうすぐ大学校が春休みになりますし、職務の方も年度初めまでは重要な案件もなさそうです。旧領地の監督のためなどと理由をつければ軍務の方もなんとかなりそうですよ」

早速庄治は雑嚢から手帳を取り出すと、ぱらぱらとめくって予定を調整しはじめる。

そんなこんなで、聖とはじめての旅行、それも新婚旅行というものに行くことになったのだった。


てっきり聖と二人だけで新婚旅行に行くのだと思っていたが、それは勘違いだったと多恵はすぐに気づかされる。

二人が新婚旅行に行くと決まった翌日から、普段は静かな鷹乃宮家の屋敷の中がにわかに騒がしくなった。

女中頭のお常《つね》さんを筆頭に、女中たちは多恵の着物や小物類、装飾品を何にするかに大いに悩み、あれも必要、これも必要、これも置いてはいけないなど数日かけて思案したあげく、春物の着物も必要だといって呉服店を屋敷に呼びつけ大急ぎで着物数着の注文までして、結局多恵の荷物だけで荷馬車一台分もの量になった。

女中たちの気合の入れようといったらすさまじく、多恵は鬼気迫るものを感じて任せるがままにしていた。

そんなにお金をかけたらもったいないのでは、などとうっかり口にしてしまったときなど、

「侯爵家である鷹乃宮家のご当主様の新婚旅行でございますよ！　相応の格というものがございます。奥様は何もご心配なさらずとも大丈夫です。大船に乗ったつもりでお任せください」

とお常さんに力強く、余計な口を出すなと釘《くぎ》を刺されてしまった。

庶民育ちの多恵には侯爵家の相応の格などわかるはずもないので何もかも委《ゆだ》ねざるをえなかったが、みなが忙しくしつつもどこか楽しそうに準備をしているのを眺めているとほっこりした気持ちになってくる。

そして迎えた出発の日。

新婚旅行の一行総勢十数人が、鷹乃宮家を出発する。先頭には聖と多恵の乗る馬車が

走り、その後ろに大悟と庄治、世話係要員のお常さんやキヨをはじめとする数人の女中たち、厨房長《ちゅうぼう》の嘉川と部下の料理人、荷物運びの下男などが乗る馬車が続いていた。最後尾には、荷物を詰め込んだ行李《こうり》や旅行鞄《りょこうかばん》などが載せられた二頭立ての荷馬車も走る。

鷹乃宮家の当主が新婚旅行に出かけたという話は世間にも知られていたようで、東京駅で馬車を降りると新聞社の腕章をつけた記者たちから写真を撮られたこともあった。その翌日の朝刊に写真付きで大きく載っているのを見て、多恵は目を丸くする。侯爵家の新婚旅行は一般大衆の耳目を集める大事件なのだと改めて思い知らされた。

東京駅から汽車で京都まで行ったあとは、数日間、京都にある鷹乃宮家の親戚《しんせき》筋の屋敷で世話になりながら鷹乃宮と縁《ゆかり》のある家々に挨拶回《あいさつまわ》りに出かけた。

御一新前は鷹乃宮家の本家も京都に居を構えていたため、いまも関西圏に親類縁者が多く住むのだ。

親類縁者はみな旧公家《くげ》の華族や古くから続く陰陽師《おんみょうじ》の家柄など庶民とはかけ離れた人々ばかり。

多恵は聖の隣でただにこにこと愛想よくしていただけだったが、訪れた先々で注目を集めていた。表には出さないが、聖の妻になった娘がどんな人となりなのかを見定めようと視線や言葉で値踏みしてくるのを感じる。ここで無作法なふるまいをすれば聖の評判まで落としてしまいかねない。立ち居振る舞い一つとっても気を抜けなかったが、お常さんから花嫁教育をみっちりしこまれたことが内心とてもありがたかった。

それが済めば再び汽車に乗り、一行は山を越えて日本海側へと向かった。京都の日本海側近くに鷹乃宮家は広大な土地を所有している。その管理を任せている分家筋の管理人と落ち合い、現地を視察しつつ土地の利用状況を確認したりもした。

新婚旅行は二週間の予定で、ここまでで要した日数は行程の半分の一週間ほどだ。新婚旅行とは名ばかりで鷹乃宮家当主としての業務の一環のようなものだったが、残り一週間は完全に自由な期間、つまりここからが本当の新婚旅行だった。

初めの一週間で疲れてぐったりしてしまった多恵だったが、聖に「これで挨拶回りはすべて終わりだ。よく頑張ったな」と労《ねぎら》いの言葉をかけてもらえば、すぐに生来の元気が戻ってくる。

管理人から借りた馬車で、一行は海辺の漁村近くにあるという別荘へと向かうことになった。

市街地を抜けると、すぐに道は舗装されていない田舎道へと変わる。

街道の周りには田畑が広がり、道から少し離れたところに茅葺《かやぶき》の平屋が集まる集落が見えた。さらに進むと民家はなくなり、周りは木々に覆われた緑一色となる。行きかう人はそれほど多くはなく、たまに大きな籠《かご》を背負った行商人や荷馬車とすれ違う程度だ。

出発した朝方はまだ肌寒く感じる気温だったので桜色の着物の上に薄灰色の長羽織を着てきたが、太陽が高くなってくると麗《うら》らかな陽気がぽかぽかとあたたかくて多恵は席に座ったままうつらうつらしていた。

頭をこくりこくりとさせていたら、席の隣が沈み込むのを感じる。ぼんやり目を開けると、先ほどまで斜め向かいに座っていた聖が多恵の隣に腰かけていた。

三つ揃いの上着は元いた席に置いてあり、紺色のチョッキに白シャツ姿。シャツの袖《そで》は肘《ひじ》まで捲《まく》ってあって、細身ながらよく鍛えられた腕がのぞいている。

「聖さん？」

「いいから、寝ていろ。もう少しかかるから」

ぶっきらぼうな物言いの割に、声は柔らかい。聖は多恵の頭に優しく手を添えると、自らの肩に寄りかからせた。

頭が安定して、さっきよりも寝やすい。でもそれ以上に、彼が隣にいることが嬉《うれ》しかった。いつもならこんなに密着すれば気恥ずかしさが先に立ってしまうものだが、今は馬車に二人だけだ。それに、眠たさで頭がぼんやりしていたのもあって、幸せな気持ちに浸っていた。多恵は有難く聖の好意に甘えさせてもらい、とろりとした眠気に意識を任せて目を閉じた。

それから、どれほど寝ていたのだろう。

「多恵、起きろ」

聖の声とともに、身体をゆっくり揺り動かされる。よく寝ていたようで、頭がすっきりとしていた。目を開けると聖の顔がすぐ間近に見える。切れ長の麗しい目元が、微笑ましそうにこちらを眺めていた。

どうやらあれからずっと彼の肩にもたれかかって寝こけていたようだ。

「あ、す、すみませんっ」

慌てて彼から離れて、居住まいを整える。

「あの、重くなかったですか？　肩が凝ったでしょう？」

おそるおそる気遣う多恵に、聖はくすりと声を漏らす。なぜだか珍しく上機嫌そうだ。

「いや、全然。多恵の寝顔をこんなに近くで見られるなんて、そうないからな」

「ひゃっ⁉　ずっと見てらっしゃったんですか⁉」

多恵はあわてて両手で顔を覆う。

いまさら隠したところでどうしようもないが、恥ずかしさで顔が熱くなった。あわてふためく多恵の頭に聖はぽんと手を置いた。

「ほら、降りよう。外でみんな待ってる」

「は、はいっ」

気がつけば、馬車の揺れも止まっている。どうやら目的地に着いたようだ。

先に降りた聖に手を支えてもらいながら馬車から出ると、濃い潮の香りがふわりと鼻をかすめた。

目の前には大きな二階建ての日本家屋が建っている。その表玄関の前に馬車は停められていた。

帝都にある鷹乃宮の屋敷に比べれば小ぶりではあるが、軒先から垂れた鎖樋《くさりとい》が、連なる魚の形をしているのが面白い。細やかなつくりの、品の良い佇《たたず》まいをした屋敷だった。

庭の周りには桜の樹が植えられており、薄桃色の蕾《つぼみ》がほころびはじめている。きっと満開になれば、さぞや美しいことだろう。

そういえば、出発したときは馬車を連ねていたはずなのに、ここには多恵たちの乗ってきた馬車しかない。ほかの馬車はどこにいったのだろうとあたりを見回せば、屋敷の裏手から賑《にぎ》やかな声が聞こえてくる。どうやら、他の馬車は裏口の方に停まり、そこから荷物などを運び込んでいるようだ。

聖が手持ちの鍵《かぎ》を使って表玄関の引き戸を開けてくれる。

一階には広い座敷がいくつかと洋室の応接間、厨房や風呂《ふろ》などが備わっていた。多恵たちの部屋は二階だというので階段を上って二階に行ってみる。

二階は小ぶりな和室が五部屋あり、隣り合う部屋同士は襖《ふすま》で仕切られている。三部屋連なり、廊下を挟んで二部屋ある構造だ。

窓側の障子戸を開けると広縁がつづき、その向こうは硝子《ガラス》窓になっていて遠くの景色がよく見渡せた。

「うわぁ、すごい……」

硝子窓まで歩いて行く。すぐ目の前に、大海原が広がっていた。この別荘は高台に立っているようで、遮るものなど何もなく青々とした海が一望できた。

空には大きな鳥たちがピョーヒョロロロと鳴きながら飛んでいる。あれはトンビだろうか。

さざ波に揺れる水面《みなも》は春の陽光を受けてきらきらと輝いている。

帝都の海なら何度も見たことはあるが、それとはずいぶん違った印象を受けた。なぜだろうと不思議に思うが、すぐに理由がわかった。海の色が濃いのだ。あちらの海よりも深みのある藍色《あいいろ》をしている。同じひと続きの海のはずなのに、こんなにも色が違うなんて面白い。おだやかな海を眺めていたら、心も安らいでくる。

聖が換気のために硝子窓を開けると、外から心地よい海風がそよそよと吹き込んできた。

「美しい場所ですね。静かだし、とても落ち着く感じがします」

まだ来たばかりだというのに、この景色と別荘がすっかり気に入っていた。多恵が素直な感想を口にすると、聖もふっと目じりを緩める。

「気に入ってもらえてよかった。ここらは漁港も近いし、麓《ふもと》にある漁村も漁が盛んなところだ。旨《うま》い魚もたくさん獲《と》れる」

(旨い魚!?)

食べ物の話となると多恵の元料理人としての血が騒ぎ出す。太平洋側にある帝都の海とはきっと獲れる魚も違うことだろう。どんな魚が獲れるんだろうかと俄然《がぜん》興味がわいてきた。

そのとき、廊下の方から大きな足音が聞こえてきた。すぐに誰だかわかる、大悟の足音だ。

「あいつはどこにいても、やかましいな」

聖が嘆息交じりに呟《つぶや》いたので、多恵はくすりと笑みを零《こぼ》した。

「失礼しまーす」という元気な声とともに廊下側の障子が勢いよく開く。部屋に入ってきたのは予想通り大悟だった。大きな行李《こうり》を肩に軽々と担いでいる。

その後ろにいる庄治の雑嚢《ざつのう》からは早くも管狐たちが顔を出して、くんくんとしきりに空気の匂いを嗅《か》いでいた。潮の香りが気になるようだ。

「オレと庄治は右隣の部屋なんやてな。なんかあったら、すぐに言うてな」

「ああ、わかった」

聖は短く答えた。

廊下から見て左隣の部屋には下男たちが荷物などを運び込む音が聞こえている。どうやら左隣とここの二部屋を聖と多恵が使い、その隣が大悟と庄治の部屋になるようだ。屋敷が小ぶりな分、近くに集まって寝起きできるのがなんだか新鮮で楽しい気分になってくる。

すぐにキヨがお茶とお茶請けを持ってきてくれて、一息つくことになった。大悟が部屋の片隅に立てかけてあった座卓を真ん中に広げ、それを四人で囲む。

お茶菓子は、地元の特産品である落花生を餡《あん》にした最中《もなか》だ。さっくりとした歯ごたえの皮の中に、香ばしく軽やかな味わいの落花生餡がつまっている。すっきりとした渋みのあるさわやかな風味の丹波茶《たんばちゃ》とよく合って、旅の疲れもすっかり癒える心地がした。

そのとき、開けた窓からがやがやとした人のざわめきが風に乗って流れてきた。声は一階の裏口の方からしているようだ。どうやら、誰か客人がやってきたらしい。

その物音を聞いて、聖が湯呑《ゆのみ》を置いて立ち上がる。

「村の人が来たみたいだな。ちょっと挨拶《あいさつ》してくる」

「あ、私も行きます」

一応夫婦で新妻なのだから一緒に挨拶にでないとまずいだろうと思い、多恵もあとに続いて階段を下りた。

声は厨房《ちゅうぼう》から聞こえてくる。

そちらに行ってみると、キヨが応対していたのは紺の三つ揃いに中折帽をかぶった中年の男だった。男は聖に気づくとすぐに帽子をとって深く頭を下げる。

「お久しぶりでございます、鷹乃宮様。現在ここの村長をさせてもろとります、吉村《よしむら》と申します」

「ああ、あとで挨拶に行こうと思ってたところだったんだ」

聖の言葉に、吉村は恐れ多いとばかりにぶんぶんと帽子を持った手を振った。

「そんな、滅相もございません。何か用事があれば呼びつけてくだされば、すぐにお伺いいたします。こちとら、鷹乃宮様の代替わりの際にもご挨拶にお伺いすることもできず、申し訳ない限りです」

聖が侯爵という身分のためか、吉村は平伏せんばかりに腰が低い。そんな吉村の態度に聖はかえって困惑しているようだった。

「いや、そんな、もう領主とかそういう立場でもないし、同じ村内に別荘を建てさせてもらっているだけの身だから、かしこまらずとも……」

ここにくるまでの道のりで聖から教えてもらったのだが、この海岸沿いから内陸にかけて、かつて鷹乃宮家は領主として広大な土地を持っていたそうだ。だが、御一新後はその大部分を国に返すことになり、いまはかつての数分の一ほどしか所有しておらず、それも分家筋の管理人に任せてしまっているという。

それでもいまだここいら一帯に多くの土地を持つ大地主であることに違いはなく、村民たちにとって鷹乃宮は遥《はる》か雲の上の存在に変わりないようだった。

「いえいえ、とんでもないことでございます。鷹乃宮様は鷹乃宮様でございます。最近ご結婚されたという話をお聞きして、今日はひとまずご挨拶にと思いまして」

そこまで述べると、吉村は勝手口の外に声をかけた。

「おい！　中に持ってきてくれ！」

その声に、外から「うっす」という複数の野太い声が返ってくる。

勝手口から四人の男たちが入ってきた。藍《あい》や茶の着流しに股引《ももひき》をはき、手には大きな木箱を抱えている。ごま塩頭の年配者から若者までさまざまな年代の者がいたが、全員まだ春先だというのによく日焼けしている。みな、麓の村の漁師たちのようだ。

「この辺の旨いものといえば、魚くらいしかありませんで。今朝獲れたものの中から選《よ》りすぐったものを持ってまいりました。ぜひ、おあがりください」

それまで聖と吉村のやりとりをぼんやり眺めていた多恵だったが、魚という単語にぐっと惹《ひ》きつけられる。

（魚！　あの木箱の中に魚がいっぱい入ってる！　海の色すら違うここの海では、どんな魚が獲れるんだろう。味はどんなかな。調理法はどういうのが美味《おい》しいんだろう。あ、気になる！　いや、でも妻という立場があるんだから、おしとやかにしてなきゃ。前に出て木箱の中を覗《のぞ》き込むなんて、もってのほかじゃない。でも、見てみたいなぁ。なんなら、自分で調理してみたい！）

なんて悶々《もんもん》と考えていたらそれが顔に出ていたのだろう。

隣で聖が、ふっと小さく噴き出した。いつも冷静沈着な表情を崩さない彼が噴き出すなんて珍しい。

聖は目元を緩めて微笑ましそうに多恵を見ると、すっと背中を押した。

「多恵。魚が見たければ見てごらん。好きなだけ調理したらいいから。どうせ時間は沢山あるんだし」

「え、で、でも……」

漁師たちに木箱を置く場所を指示していたキヨも、多恵と聖のやりとりに気づいて多恵のところにやってくる。

「いやだもう、奥様。血が騒いでるのが見え見えじゃないですか。ほら、一緒に見てみましょう？」

と、多恵の手を引いて木箱のところに連れて行ってくれた。

土間に置かれた四つの木箱。そのうち二つには、足の長い蟹《かに》が沢山入っていてわしゃわしゃと動いていた。甲羅も大きく、味噌《みそ》も身もたっぷりつまっていそうだ。

多恵は思わず歓喜の声をあげる。

「うわぁ、蟹！　美味しそう！　活《い》きがいいですね！」

キヨなどは薄気味悪そうにしているが、多恵の目はますます輝く。

多恵の反応の良さに、吉村は帽子を胸にあてて嬉《うれ》しそうに頷《うなず》いた。

「はい。ここらの海と言えば、蟹が有名ですから。松葉《まつば》蟹ともよばれとるが、ズワイガニの一種です。旬は冬なんで、いまがぎりぎり蟹漁の最後の時期なんです。ここいらにきたらぜひ蟹は食べてもらいたいですから、間に合《お》うてほんまによかった。ほかにも鯛《たい》に、めばるに、かれい。いさざに、あわびと、いろいろ持ってきましたから、ぜひご賞味ください」

蟹がいまにも箱からあふれ出しそう、と思っていたら案の定、一匹の蟹が木箱から転がり落ちてキヨのいるところへ横走りに這《は》っていく。

キヨがきゃあきゃあ言って逃げ惑う中、吉村が蟹をひょいっと素手で捕まえ、再び木箱に戻した。今朝獲れたばかりというだけあって、新鮮そのものだ。

魚はまだ口をぱくぱくさせているものもあるし、あわびはにゅるりと身をよじらせている。

帝都でもなじみの魚もあれば、見慣れないものもあった。木桶《きおけ》の中に入った透明の小さな魚はどうやって食べるんだろう。蟹もあまり調理したことがなかった。厨房長の嘉川なら美味しい調理法を知っているだろうか。

「こんなに沢山持ってきてくれて、ありがとう」

聖が礼を言えば、吉村は「いえいえいえ」とまた恐縮しだす。

「せっかく帝都から遠路はるばるいらっしゃったんですから、この機会にうちらの特産品をたっぷり味わっていただきたいと村人総出ではりきっております」

「近頃の漁の様子はどうだろう。もしまた何か困ったことなどあれば、言ってほしい」

こういうとき、聖は穏やかそうだがその実、隙のない微笑をたたえて相手に応じる。多恵が知っている普段の彼とは違う侯爵としての顔を、少し新鮮に感じた。

吉村は、そうそう、と思い出したように話を続ける。

「前に港の工事に資金を出していただいたおかげで、使いやすくなって村人たちも大層喜んでおります。水揚げも随分やりやすくなりました。いままでは浜辺に船を上げてましたから、いちいち大変で。……ただ、最近、凪《なぎ》の日も多いのが辛《つら》いところですが、幸い今朝は漁に出れたんで、こうして海の幸をお持ちできてほっとしました」

「凪、か」

「はい。凪がまったくないことを凪と言うんですが、春の海は凪から急な大荒れになるときがあるんです。たまにならば例年どおりなんですが、今年はやけにその回数が多くて漁に出れる日が少なく、村人たちも困っとります。あ、いや、こんなこと鷹乃宮様に申し上げるような話じゃなかったですな」

吉村は短く刈り込んだ頭を掻《か》く。

「それでは、これから鷹乃宮様がいらっしゃるあいだ、漁に出れる日は獲れたてを届けさせていただきますから、どうぞこれからもよろしゅうお願いいたします」

吉村が聖に頭を下げれば、その後ろに付き従っていた村人たちも同様に頭を下げた。

（あれ？）

その中に、一人、妙におどおどとした青年がいることに多恵は気づいた。吉村同様、侯爵である聖の前で恐縮しきってしまっているのかとはじめは感じていたが、目がおどおどとあちらこちらを彷徨《さまよ》い、ひょろりと上背のある背中を丸め身を縮めている。まるで、なにかに怯《おび》えているようにも見えた。

「こちらこそ、これからもよろしく頼む。ああ、紹介が遅れたが、こちらが先日籍を入れた妻だ」

聖に紹介され、多恵も改めて楚々《そそ》としたふるまいで吉村たちに頭を下げる。

「多恵と申します。よろしくお願いいたします」

「いやあ、魚がお好きな奥方のようで、うちらも魚のもってき甲斐《がい》があるってもんです」

にこやかに吉村に返され、多恵の顔がぱっと熱くなる。

もしかして、とんでもない食いしん坊だと思われているのかもしれない。

(うう、穴があったら入りたい)

ここに来るまでの挨拶回り《あいさつまわ》では聖の隣で大人しくしていればボロがでることもなくなんとかやり過ごせてきたが、珍しい食材を前にしたら一瞬にしてメッキが剝《は》がれてしまった。そんな多恵を聖は微笑ましそうに目を細めて見守っている。

せめて食いしん坊の誤解だけでも解こうと、多恵は慌てて言葉を返す。

「あ、あの。夫のために料理できたらと思うんですが、この魚とかこれとか、どうやって調理したらいいんでしょうか」

木箱の中を指さして尋ねるも、吉村には怪訝《けげん》そうな顔をされてしまう。

「おや？　奥方は料理もなされるんで？」

(ひゃあああ、余計、メッキが剝がれていく！　そうだ、侯爵家の奥様は普通は料理なんてしないんだった！)

ますます慌てる多恵の姿に、聖はくすくすと笑みを零《こぼ》すと助け船を出してくれた。

「彼女は食道楽なんだ。それも作るほうのね」

「ああ、なるほど。良い趣味をお持ちでいらっしゃる」

吉村も頷き返す。

食道楽とは、ここ数年で市民権を得た言葉だ。かつては、食事作りは庶民が家族のためや仕事として必要に駆られてすることだった。しかし、とある新聞に掲載された人気小説を発端として、材料や調理法にこだわって美味しいものを自ら作ったり、食したりするのを趣味とする考え方が生まれていた。いまでは有名人や上流階級にも、たしなみとして食道楽を自称する者が珍しくはなくなっている。

「それでしたら、あとでまた三郎《さぶろう》をこちらによこしましょう。あいつは、街の料理屋で数年修業してきたんですよ。料理に関しては村一番に詳しい。漁師を継ぐはずだった兄貴二人を立て続けに病気で亡くして、こっちに戻ってきたんですがね。おい、三郎！」

吉村が大声で呼ぶと、後ろに控えていた村人の一人が、

「へぇ」

と今にも消えそうな声で返して前に出てくる。呼ばれて出てきたのは、先ほど気になった妙におどおどしている青年だった。

「三郎。いい機会だ。奥方のお手伝いをしてさしあげろ」

「へ、へぇ……」

三郎と呼ばれた青年は、ちらりと多恵に目を向けたあと視線を土間の地面に落とした。

嫌なら別に無理して手伝ってもらわなくても、と口を開きかけるが、後ろで「ひゃあ」と気の抜けた声がしたので振り返る。キヨが木箱から再び逃げそうになっていた蟹をおっかなびっくり箒《ほうき》で木箱に戻そうと頑張っていた。

すぐに手を貸す多恵だったが、そうこうしているうちに村人たちはぺこりとお辞儀を

して次々に勝手口から帰ってしまった。

結局、買い出しから戻ってきた厨房長《ちゅうぼう》の嘉川と相談して、蟹は空いている水瓶《みずがめ》の中に入れておくことにした。さすがの蟹たちも瓶の内側はすべって摑《つか》めないようで、かしゃかしゃと長い脚を動かしてお互いのうえに上りあったりはしているが、瓶からは出てこられないようだ。これで一安心。

裏口につけた馬車からの荷下ろしもいち段落したようで、先ほどまで聞こえていた階段を上り下りする下男たちの足音もいつしか静かになっていた。それに代わり、今度は女中たちが総出で荷物の確認を行い、行李《こうり》から着物や日用品などを取り出して箪笥《たんす》や棚へしまう作業が始まる。

邪魔になってはいけないと多恵と聖は再び自室にあてがわれた二階の景色の良い部屋に戻り、すっかりくつろいでいた大悟と、こんなところでも正座を崩さない庄治とともに座卓でお茶の続きをした。他愛もないおしゃべりに興じていたら、いつしか陽も西に傾き始めてくる。

窓辺に映る水平線も、ほんのりと赤く色づきはじめた頃。

嘉川が階段をどたどたと上って二階までやってきた。

「奥様、さっきの若者が来ましたです」

「さっきの若者？」

はて、誰だっけ？　としばらく思案して、あのおどおどした青年の姿を思い出した。

「あの……背の高い人、えと、なんて言ったっけ」

名前が出そうでなかなか出てこない多恵を聖が助ける。

「三郎、とか言ってたな」

「あ、そうです。三郎さんです。え、あの人が来たんですか？」

そういえば、料理を手助けに来るように村長の吉村に言われていたっけ。でも、あのおどおどして俯《うつむ》いた様子からきっと来ないだろうと勝手に思い込んでいた。

でも来てくれたのなら料理のことで聞きたいことは沢山ある。

「ちょっと行ってきます」

聖に断ってから、嘉川について一階へ降りる。

厨房に入ると、勝手口に立った三郎が多恵の姿を見つけてぺこりと頭を下げた。

「三郎さん、ありがとうございます」

礼を言う多恵に、三郎はまだどこかおどおどしながらももう一度大きく頭を下げた。

「……俺で、役立つかわからへんけど、なんか手伝うことあれば言うてください」

相変わらず細い声だが、嫌々ここに来たというわけでもなさそうだ。

生来そういう性質《たち》なのだろうと気にしないことにする。ちょうど嘉川たち料理人も夕飯の支度にとりかかっていたところだというので、三郎にはもらった魚の調理を手伝ってもらうことになった。

ついでに多恵も見学させてもらうことにした。どうやって調理するのか気になってしかたがないのだ。

まず、嘉川が蟹《かに》の入った瓶を指す。

「できたら蟹の旨《うま》い茹《ゆ》で方と、いくつか私も馴染《なじ》みのない魚があるんでそれの旨い食べ方を教えてもらえんだろうか。こういうズワイみたいな足の長い蟹は帝都の近くじゃ獲《と》れんから、いまいち自信がないもんでな」

「へぇ」

三郎は気のない返事をしつつも、手早く作業をはじめる。まずは、蟹の脚を折った状態のままタコ糸で固定していった。存外手際がいい。吉村が言っていたように街で料理人の修業をした経験があるというのは間違いないようだ。

「こうしとかないと、茹でるときに湯の中で脚が抜けて水っぽくなっちまうんです」

「へぇぇ」

「なるほどねぇ」

多恵と嘉川は感心しながらも、見様見真似で三郎のやるように蟹の脚をタコ糸で結んでいく。嘉川はさすがにもたつくこともなくどんどん結んでいくが、多恵は活《い》きのいい蟹がわしゃわしゃと脚を元気に動かすのでてこずっていた。

定食屋をやっていたときは蟹なんて高級食材を触る機会などなかった。鷹乃宮の屋敷で夜食を作るようになって初めて蟹を使ったが、屋敷にくる蟹はどれも大人しくじっとしていたので扱いに困りはしなかった。いま考えれば、水揚げされてから遠路はるばる運ばれてくるので鮮度が落ちていたのだろう。

だから、まさか水揚げされたばかりの蟹がこんなに活きがいいなんて想像すらしていなかった。

「わ、わっ、ちょっと、大人しくして！」

苦戦していると、横からぬっと長い腕が伸びてきて暴れていた蟹を押さえつける。加勢してくれたのは三郎だった。ぎゅっと蟹を手で押さえつけ、すぐに両脚をタコ糸でぐるぐるに結んでしまう。

「ありがとうございます」

ほっとして微笑む多恵に、三郎はすっと目を逸《そ》らして、

「蟹は扱いにくいですんで」

ぼそぼそ呟《つぶや》いた。でも、どこか恥ずかしそうにしているあたり、根が悪い人には見えなかった。最初は妙におどおどしているように感じたけれど、もしかして引っ込み思案なだけなのかな？　なんて思い直す。しかし、次の瞬間、それは起こった。

いままで淡々と作業をしていた三郎が、

「うわあああああああ！」

急に叫んだかと思うと、頭を抱えてその場に蹲《うずくま》ったのだ。

多恵は驚いてタコ糸を手に持ったまま固まってしまう。何が起こったのかわからない。

すぐさま動いたのは嘉川だった。

「どうした！　何があったんだ⁉」

三郎に駆け寄って彼の肩を強く揺らす。しかし三郎はうつろな目で地面を見つめて、うわ言のように何かをぶつぶつ呟いていた。

「おい！　しっかりせい！」

嘉川にさらに強く肩を揺さぶられ、ようやく三郎の目にも光が戻ってくる。

三郎は唇を震わせながら、頭を掻《か》きむしるようにして言葉を吐き出す。

「い、いま、そこの窓からあいつが覗《のぞ》いてた。こんなとこまで追ってくるなんて。あかん。もうなんもかんも、あかんのや」

（窓？）

厨房にはいくつか格子窓があるが、いま開いているのは竈《かまど》に近い西側の窓だけだ。そういえば、さきほど三郎はそちらの方を見たあと、悲鳴をあげたようにも思えた。

そこに、上から階段を下りる音が聞こえてくる。

「大丈夫か⁉　いま、悲鳴のような声が聞こえたが」

厨房の暖簾《のれん》をあげて飛び込んできたのは聖だった。手には鞘《さや》に入ったままの血切丸《ちきりまる》を握っている。その後ろからは大悟と庄治も続く。

「なんやなんや。どないしたん？」

「えっと……」

多恵はまだ事情がつかめないながらも、三郎が口にしたそのままを伝える。

「その窓から、誰かこちらを見ていたとかで、三郎さんが怯《おび》えてしまって」

開いた格子窓からは赤く染まった夕陽が厨房の床に降り注ぎ、縦縞《たてじま》の影をつくっている。多恵がその窓を指さすと、聖はすぐに土間へと駆け降りる。そのまま靴も履かずに勝手口から外へ飛び出した。

大悟と庄治も続き、遅れて多恵も外へ出る。

水平線を朱に染めて、赤く熟れた柿のような太陽が海の中へと溶け込むように消えていくところだった。裏庭は夕焼けに包まれている。聖たちは手分けしてあちこち調べたが、不審な人物や逃げ去る人影などは何もみつからなかった。

その晩の夕餉《ゆうげ》は、村人たちからもらった海の幸で豪華なものとなった。

多恵たちだけでは食べきれないので、お常さんやキヨをはじめとする女中たちや、嘉川たち料理人、下男たちにもふるまわれた。

多恵たちは二階の自室で食卓を囲む。

立派な鯛《たい》やあわびは刺身に、めばるは甘めの砂糖醤油《じょうゆ》で煮つけに、かれいは丸ごと揚げてフライにした。

調理法もさまざまで、食感と味の変化があって楽しい。どれも新鮮なだけあって、多恵が知っている味よりもさらに一段濃厚で、そのうえ身がぎゅっと引きしまっているため箸《はし》がすすむ。

蟹は茹でたものと、焼いたもの、それに刺身も用意した。ゆで蟹はふっくらとした身が味わい深く、刺身は上品な甘さが口の中でとろけるようだった。焼き蟹は香ばしさが食欲をそそるとともに、蟹味噌《みそ》を甲羅焼きにしたものにほぐした身を付けて食べるのもコクと旨みが混ざりあって極上の美味しさだ。

村長の吉村の話では蟹漁はそろそろ終わりの時期らしいので、ぎりぎり間に合って本当に良かった。ここまで来て一番の特産である蟹を食べられないとなったら後悔してもしきれない。

そして、何より驚かされたのは、いさざの食べ方だった。

いさざは河口で獲れるという透き通った小さな魚だが、三郎一押しの食べ方は『おどり喰《ぐ》い』だった。活きの良いいさざを、酢醬油の小皿に入れて生きたまま食べるのだ。そんな食べ方が存在するなんて、幼い頃から定食屋を手伝ってきた多恵ですら知らなかった。大悟や聖は面白そうに食べていたが、多恵は酢醬油の中でぴちぴちとはねるいさざを眺めるばかりで箸を動かせない。

聖には「無理して食べなくてもいいんじゃないか」と言われたが、そういう問題ではないのだ。もう二度と食べる機会がないかもしれない料理を目の前にして口にしないではいられない。でもそれとは別に、このまま口に入れることをなんだか申し訳なく思ってしまう。

しばらく迷ったあげく、ついに箸で一匹摑《つか》んでえいやっと口に入れた。意を決して食べたはずなのに、口の中で動くいさざにびっくりして、慌ててごくりと呑《の》み込んだ。大悟などはのど越しが旨いと言っていたが、どうしても罪悪感がぬぐえず、残りはすべて大悟にあげてしまった。

と、そのとき。表玄関の方から、

「夜分にすみません」

男の声が聞こえてくる。一階にいる使用人の誰かが様子を見に行ったようだ。しばらくして廊下に続く障子越しに女中が声をかけてきた。

「お食事中失礼します。いま、村長さんと、郵便局長さん、それに近くの寺の住職さんがいらっしゃっております。改めてご挨拶《あいさつ》したいとのことですが、いかがいたしましょう」

どうやら、昼間来た吉村が今度は村の有力者たちを連れて改めて挨拶に来たようだ。

聖はすぐに障子に向かって声を返した。

「料理、まだ余ってただろう。吉村さんたちも上に呼んでくれ。料理も一緒に」

この部屋でこのまま応対するらしい。せっかく吉村たちにもらった魚を料理したのだから、彼らにふるまうつもりのようだ。

しばらくして、吉村が二階の部屋へとやってきた。その後ろに初めて見る男が二人続く。

黒い袈裟《けさ》をまとって頭を短く刈り込んだ男は川田《かわた》と名乗り、ここから五分ほど歩いたところにある寺で住職をしているという。

紺色の詰襟に、袖口《そでぐち》へ〒の印が入った制服を着た色黒の男は中野《なかの》と言い、この村に一つだけある郵便局で局長をしているそうだ。

チョッキにズボン姿の吉村は腕に抱えるようにして一升瓶を持っていた。地元の杜氏《とじ》が仕込んだ地酒だという。

料理に酒がそろえば、宴会がはじまる。吉村たちもはじめは恐縮して正座を崩さないでいたが、酒がほどよくまわれば砕けた空気が漂い始める。

多恵は酒が飲めないが、美味《おい》しい魚が沢山あるので海の幸を堪能《たんのう》しつつ聖たちの会話に耳を傾けていた。

そんな中、吉村がふとこんなことを口にする。

「そういえば、三郎はよくやってましたでしょうか。こちらに送り出してから、もしかして粗相など起こしてやいないかとちょっと心配になったもので」

「粗相というほどではないが……」

聖が一旦《いったん》口を濁したあと、夕方に厨房《ちゅうぼう》であった出来事を話して聞かせた。

吉村は神妙な顔つきになる。

「そうですか。そんなことが……」

「三郎は窓の外に誰かいると言っていたようだが、そのあと屋敷の周りを調べても怪しい者はみつからなかった」

聖のあとに、多恵も続ける。

「三郎さん、ずっと何かに怯えているようでした。私、なんだかそれがとても気になってしまって。村長さんたちなら何かこころあたりがあったりはしないでしょうか」

吉村たち三人は互いに顔を見合わせた。言って良いものかと思案しているようだ。先ほどまでの軽やかな空気が一転して、部屋の中に重い空気が漂い始める。

数秒見つめあったあと、吉村は川田と中野に小さく頷《うなず》いてから、聖と多恵の方に身体の向きを変えて改まる。

「鷹乃宮様にお伝えするようなことではないかもしれませんが」

と前置きをして語りだしたのは、こんな話だった。

三郎は、元々三人兄弟の末っ子だった。

上の兄二人は屈強な体格で漁師の跡取りとして親も期待していたが、三郎はひ弱で身体も細かった。親も三郎に漁師をやらせるのは早々に諦《あきら》め、料理好きだったこともあって街へ料理人の修業に行かせていた。

しかし、その兄たちが立て続けに流行《は や》り病で亡くなったため、三郎は修業半ばで急遽《きゅうきょ》村へと戻らされたという。

三郎は元来引っ込み思案なたちで、村の若い衆からもどこか浮いている節があった。

一計を案じた父親は、三郎を彼の村唯一の友人で、すでに漁師として独り立ちしていた幼馴染《おさななじみ》の勘吉《かんきち》に預けることにした。

それからというもの三郎は勘吉とともに同じ船で漁に出るようになったという。

「勘吉っちゅうんは、三郎とは一つしか歳が違わないんですが兄貴肌の若衆でしてな。仲良さそうに助け合って漁してるのを見とったから、私らも安心しとったんですわ」

ところが、ある日のことだった。

漁師たちが沖に出たあと、突然天候が悪くなって大時化《おおしけ》になったことがあった。次々に漁師の船は港に戻ってきたが、二人の乗った船だけが戻ってこない。村人たちが心配する中、半日ほど経ってからようやく船が戻ってきた。村人たちが駆け寄ると、船には憔悴《しょうすい》しきった三郎一人だけしか乗っていなかった。

「なんでも大時化で船が転覆しそうになったとき、三郎がよろけて船から落ちそうになったらしいんですわ。それを勘吉が助けようとしたものの、逆に勘吉が身体を振られて海に落ちてしまったらしいんです。三郎はすぐに助けようとしたんですが海が荒れてて見つけられず、仕方なく一人で戻ってきたと言うてました」

すぐに村人総出で船を出して勘吉を捜したが、まだ荒れの残る海での捜索は困難を極めた。

それから一か月後、よく死体が流れ着くことで有名な村はずれの海岸沿いにある洞窟《どうくつ》の中で、勘吉は変わり果てた姿で発見される。

「それからというもの三郎は家にこもりっきりで、漁にも出なくなりました。親父さんも三郎の身をえらい案じてましたわ。元々村の中では浮いたところのある子でしたから、このままずっと外に出られないんじゃないかて、心配しはって」

そこで三郎の父親は家にばかりいるんじゃないと叱りつけ、三郎に釣竿《つりざお》を持たせて無理やり外に出すようになったのだという。

三郎も文句を言うでもなく、人気《ひとけ》のない岩場などで一人ひっそりと釣りをするようになった。とはいえ、村人と顔を合わせるのは気まずかったのだろう。陽が暮れてから家を出て、海辺で糸を垂れる姿がたびたび目撃されていた。

「そんで、ここからは三郎から直接聞いた話なんですがね」

吉村の視線が、すっと窓の方に向けられる。いまは雲に月が隠れているのか、何も見えない。夜空と水平線の区別すらつかないほど、真っ黒な暗闇が広がっていた。

「夜釣りから帰ってきた三郎が、海辺で勘吉を見たと言って酷く怯《おび》えるようになったんです。夜釣りに岬へ出たら、自分より先に岬に人影があるのに気づいたと。人影は全部で六つあったそうで、何か不吉なものを感じたんでしょうな。草むらに隠れて遠目に見ていると、月明かりがさしたときにそのうちの一人が死んだ勘吉だとわかったんだそうです。勘吉と目が合《お》うたと言っておりました」

「村長さん。それって、幽霊っていうやつなん？」

大悟が口を挟むと、それまで黙って酒を飲んでいた住職の川田が酒の入ったお猪口《ちょこ》を見つめながら渋い顔で返した。

「幽霊といえばそうなんでしょうが、この辺りには、『七人みさき』ちゅう言い伝えが残っております」

「『七人みさき』？　聞いた覚えがあるな」

聞き返す聖に、川田は小さく頷いた。

「ええ。ほかの地域にも似たような伝承があるんは聞いたことがあります。ただ、この辺りで言い伝えられているのは、人に害をなす亡霊の伝説です」

それらは海で溺《おぼ》れ、無念を残して死んだ者たちの亡霊なのだという。亡霊は海からあがってきて、生きている人々に災いをもたらすのだ。

常に七人で海辺に出没することから『七人みさき』と名がつけられたらしい。七人のうち、一人が成仏すると欠けた人数を補うために生きた人間を海に沈めて殺すのだと村では伝わっていた。

「それで三郎は、自分が七人みさきにとりこまれるんじゃないかと怯えておるわけです。帝都からいらっしゃった皆様は、文明開化したいまの時代にこんな世迷《よま》いごとをとお感じかもしれません。でも、こういう田舎にはまだまだそういう古い言い伝えが根強く残っているんですよ」

川田が数珠《じゅず》を持った手をあわせると、小声で短く念仏をとなえる。まるで『七人みさき』の話をしただけでも不吉が訪れると信じているかのようだった。

多恵は夕方に厨房で見た三郎を思い出していた。

始終何かに怯えた様子で目をおどおどとさせ、窓から『あいつ』が見えたと叫んで震えていた。

（窓から見えたのは、勘吉さんの亡霊だったのかしら）

あのとき、窓の外には本当に死者の霊がやってきていたのだろうか。夕焼け色に染まった厨房の格子窓を思い出すと、腕にぞわぞわと鳥肌がたって寒気すらしてくる。

部屋には、しんと重たい空気が漂っていた。

その空気を打ち払うように、やおら郵便局長の中野が一升瓶を持って立ち上がった。

「さあさ、湿っぽい話はそれくらいにしましょうよ。旨い酒と旨い肴《さかな》がもったいない」

中野は聖の傍までにじりよると空になっていたお猪口に酒を注ぐ。

「そうだな。やっぱり獲《と》れたての魚は味がいい」

聖の誉め言葉に、中野は顔を緩ませる。

「ここにいらっしゃる間にどんどん堪能してってください」

「やっぱ刺身が旨いと、白飯もすすむやんな。ついつい食べ過ぎてしまうわ」

一人だけ明らかに大きさの違う茶碗《ちゃわん》代わりのどんぶりで白飯を掻《か》きこみながら大悟が言うのに、隣で庄治が「お前はいつでも大飯喰らいだろ」と冷めた目で呟《つぶや》くのが聞こえた。いまは客人がいるので庄治の管狐たちは雑嚢《ざつのう》に仕舞われた竹筒の中だろう。

ようやく、いつもの和やかな雰囲気が戻ってきたことに多恵はほっと胸を撫《な》でおろす。

だが、先ほど聞いた七人みさきの話がいつまでも耳に残って離れなかった。

その日の夜。

多恵は布団に入ったものの、なかなか寝つけないでいた。

海辺の近くだけあって、夜の静寂に絶え間なく波の音が漂う。

その音に身を委《ゆだ》ねながら目をつぶっていてもなぜか妙に目が冴《さ》えてしまって、眠りに落ちることができなかった。

目を閉じると頭の中に今日一日で起こったあれこれが蘇《よみがえ》ってきて、余計眠気が遠のいてしまうのだ。

美味《おい》しかった新鮮な魚や蟹《かに》。はじめて食べたおどり喰《ぐ》い。

そして……三郎の奇妙な挙動と七人みさきの話。

一人欠けると、それを埋めるために生者の命を奪いに来るという話は、今思い出してもぞっとする。

隣の部屋からは大悟のいびきが聞こえていた。あれではきっと庄治や管狐たちもうるさくて困っているのではないだろうか。いや、用意のいい庄治のことだから耳栓くらいは準備してきているかもしれない。

多恵は身体を右に向ける。そちらには少し離してもう一つ布団が敷かれていた。寝ている聖の姿が薄い月明かりに浮かび上がる。

もう契約結婚してから数か月。同じ部屋で寝ることにはすっかり慣れてしまった。いまでは彼が隣で寝ていることに、仄《ほの》かな安心感をおぼえるまでになっていた。

彼からは規則正しい寝息が聞こえてくる。いま起きているのは多恵ひとりのようだ。

もう一度目を閉じて寝ようと試みてみるが、やっぱりだめだった。

(ちょっと気分を変えよう)

多恵は音を立てないように気をつけて身を起こすと、寝巻きの帯を整え直す。そっと布団から抜け出し、静かに障子を開けた。

広縁に出ると硝子《ガラス》窓ごしに、外の景色が見渡せる。雲の間から丸い月が顔を出して水面《みなも》を照らしていた。黒い海に、月明かりがきらきらと銀色の帯のごとく美しく光っている。波以外に動くもののない世界だ。

多恵はぼんやりとその幻想的な景色を眺めていた。

(あれ?)

ふと、妙な違和感を覚える。さきほどは何もないと思っていた水面に、何か棒のようなものが立っていた。

(さっき見たとき、あんなものあったかしら。なんだろう、あれ)

不思議に思って月光の中に浮かび上がる棒のようなものを見つめていたが、ふいにそれが何であるかに気づいて背筋がぞわりと寒くなる。思わず、身体を硝子窓から離していた。

あれは、人影だ。

なぜだかわからない。船に乗るでもなく、波間に漂うでもなく。

まるで水面に立つようにして、人がそこに立っていた。

そんなことありえるはずがない。人間が水の上に立つなど無理にきまっている。

頭の中では理性がそう訴えるのに、目に映る景色がそれを否定してくる。

よく見ると人影は、ひとつではなかった。増えたのか、はじめからそこにあったのかわからない。ふたつみっつ……いや、もう少しあるように感じた。

でも、それ以上数えようとするのを心が拒絶する。あれは、見てはいけないものだ。数えてもいけない。数えてしまったら……。

(もし、六人しかいなかったら？)

欠けた人数を生きた人間を取り殺すことで埋めようとする七人みさきの伝承が脳裏に浮かんだ。

(見てること、気づかれちゃだめだ)

ゆっくりと後ろにさがり、音を立てないように慎重に障子をぴたりと閉めた。すぐに布団の中に飛び込む。布団を頭の上まで被《かぶ》って丸まるが、心臓はどくどくと早鐘を打っていた。

翌朝。昨晩あまり眠れなかった多恵は、ぼんやり眼をこすりながら布団から出た。

「ああ、おはよう」

先に起きていた聖は、白ワイシャツとスラックスに着替えたところだった。

「おはようございます」

多恵も挨拶《あいさつ》を返すが、寝不足のせいか声に張りが出ない。

聖は怪訝《けげん》そうに眉《まゆ》を寄せる。傍に来て片膝《かたひざ》をつき、多恵の頬に手を当てた。

「どうした？　体調悪いのか？」

ふるふると多恵は首を横に振る。

「いえ、そんなことはないんですが、昨日あまり眠れなくて」

「そうか。枕が変わると寝づらいというしな。今日は一日、ゆっくりしてるといい。とくに予定もないし。ここにはのんびり過ごすために来たんだから」

気遣うような聖の声に、多恵は笑みを返す。

「ありがとうございます」

のっそりと起き上がり、障子に手をかけた。もしいまも海面に人影が立ってこちらを見ていたらどうしようという一抹の不安がよぎるが、思い切って開けてしまえば、春のうららかな光に照らされた穏やかな海が広がるばかりだった。

トンビが数羽、鳴き声をあげながら飛び交っている。昨日昼間に見たのと何も変わるところはない。

昨晩に見たあれは、もしかしたら夢だったのかもしれないとすら今になると思う。

聖に一言相談した方がいいのだろうかと一瞬迷うが、夢だったら恥ずかしいので言わないでおいた。だが、ことはそれだけでは終わらなかった。徐々に異変が起こりだす。

初めに感じたのは『視線』だった。

その日の夕方に厨房《ちゅうぼう》で海の幸を使って料理をしていたとき、ふと誰かに見られているような強い視線を感じて多恵はそちらに目をやった。

そこには三郎が『あいつが覗《のぞ》いてた』と怯《おび》えていた格子窓がある。今は外の明るい日差しが差し込むだけの普通の窓だ。でも、そこから、今一瞬誰かが多恵のことを見ていたように感じたのだった。

（誰だろう）

ちょっと怖くなって、勝手口から外に出てみる。しかし、外には誰の姿もなかった。

（気のせいなのかな）

そう思い込もうとした。しかし、それを境に視線を感じることは増えていく。

夕飯のあとに自室の座卓で道中に世話になった方々へ絵葉書を書いていたときも、急に誰かの視線を感じて多恵は窓の外を見やった。しかしやはり誰もいない。

「どうした？」

傍で難しい本を読んでいた聖が多恵の挙動を不審がるも、多恵はゆるゆると首を横に振る。

「う……ううん。なんでもないです。気のせいだったみたい」

聖だって普段は多忙の身なのだから、別荘に来たときくらいのんびりとしていてほしい。余計なことで気を煩わせたくはなくて視線のことは黙っていた。

三日目には、視線を感じることがさらに多くなった。

しかもそれだけでなく、声のようなものまで聞こえるようになっていた。

声のよう、としか表現できないのは、確かに誰かがしゃべっているような男とも女ともつかない声が耳元で聞こえるのに、耳を澄ますとごにょごにょと不明瞭《ふめいりょう》で何を言っているのか聞き取れないのだ。それは数秒で終わるのがほとんどだったが、近くにいる他の者に尋ねてもそんな音など聞こえなかったと言われる始末。

(どうしたんだろう。私、どこかおかしくなっちゃったのかな)

妙な視線に、自分にだけ聞こえる声。これではのんびり気を休めるどころではなく、どんどん心が摩耗してくる。

四日目の昼下がり、聖と浜辺の波打ち際近くを散歩しているときにまたあの声が聞こえた際、多恵は我慢できずに耳を両手でふさいでその場に座り込んでしまった。すべてを遮断するように目もぎゅっと閉じた。怖くて不快でたまらなくて、もう、何も見たくないし何も聞きたくはなかった。

それでも、ごにょごにょとしたあの不快な声は手を突き抜けて聞こえてくる。まるで、頭の中で囁《ささや》かれているかのようだった。

「多恵！　どうした？」

多恵の尋常ではないふるまいに、聖も身をかがめると多恵の肩に手を置いて声をかける。

多恵がゆっくりと目を開けると、もうあの声は止んでいた。

それでもまた、いつ突然耳元で声がするかと思うと恐怖で心細くなる。

すぐ間近に、心配そうにこちらを覗きこむ聖の顔が見えた。

その目を見ていると、いままで腹の中に抑え込んでいた不安な気持ちが溢《あふ》れそうになってくる。

多恵は泣きそうになりながら、ずっと抱えていた辛《つら》さをようやく口にすることができた。

「聖さん。私、最近おかしいんです。変な声は聞こえるし、誰か見ているような気はするし」

聖は多恵を気遣い、優しく背中を撫《な》でてくれている。

「変な声？」

こくりと多恵は頷《うなず》いた。

「男なのか女なのか、何をしゃべっているのかもわからない声です。でも、他の人には聞こえないみたいで、いまさっきも耳元で聞こえたんですが、聖さんは気づきましたか？」

「いや、特に変な声が聞こえたりはしなかったが」

「やっぱりそうなんですね。私だけ聞こえるなんて、どこかおかしくなっちゃったんでしょうか」

不安で涙が滲《にじ》む。潤んだ目じりを指でぬぐった。

寄せては返す波しぶきが足のすぐそばまでやってきた。草履が濡《ぬ》れては大変とばかりに立ち上がったが、急に立ったためよろけそうになる。そこをすかさず聖が抱き留めたので、思わぬ形で彼の胸に顔を預けるような体勢になってしまった。

「すみませっ」

慌てて身体を離そうとするが、それより早く聖は多恵の背中に腕を回して抱きしめた。まるで逃がさないとするかのようだ。彼と身体が密着していてどぎまぎするが、その一方で彼に守られているようで心がふわりと落ちつきをとりもどす。

「多恵。お前、俺に心配かけないようにずっと我慢してただろ」

感情を抑えたような静かな声に、ぎくりとした。全くの図星だ。聖は小さく嘆息するものの、それ以上咎《とが》めることはなく、多恵の頭に頬を寄せた。

「困ったら俺に頼れよ。一応、夫婦だろ？」

どうしてだろう。いつも冷静な彼なのに、このときばかりはちょっと拗《す》ねているようにも感じられた。

「え、えと、契約上の夫婦、ですし」

あくまで自分たちは契約上の夫婦であって、本当の夫婦ではない。十年もしたら別れる関係だ。だから、あまり迷惑をかけるべきではないと心のどこかでいつも自分を戒めてきた。なのに、聖はそれがいたく不服らしい。

「それでも、夫婦なのは変わりないだろ。俺は君のためなら、なんだって厭《いと》わない。困ったことがあったらすぐに俺を頼ってほしい」

いつになく彼の声に切羽詰まった響きがあった。思いのほか心配をかけてしまっていたようだ。迷惑をかけたくないという多恵の想いがかえって聖を煩わせてしまうのだろうか。素直に頼ったほうが彼の気持ちを荒立てないというのなら、多恵も異論はない。

彼の腕の中で小さく頷いた。それで聖も安心したのだろう。ようやく腕を離してくれる。彼の腕が離れると、ちょっぴり寂しさを覚えた。

一緒に浜辺を別荘の方へと戻りはじめる。波打ち際を歩きながら続きを話した。

「おかしなことが起こりだしたのは、いつからなんだ？」

ここしばらくの出来事を振り返ってみる。そう、おかしなことが起こり始めたのはあの別荘に来てからだ。それ以前は視線や声など聞いた記憶はまったくなかった。

「たしか、別荘に来た翌日からです。午後に厨房で料理をしているときに視線を感じたのが初めてで、それ以降はどんどん頻繁になってきていました」

「そうだったのか。このところ多恵の様子が妙に何かに怯えているようで、ずっと気にはなっていた。三郎の件もあるしな」

「三郎さん……、あ、あれ？　もしかして、私も三郎さんみたいになったように見えていました？」

自分では意識していなかった。三郎は明確に『誰か』に対して、もっというと不運にも漁の最中に亡くなった幼馴染《おさななじみ》の勘吉を恐れて怯えていたからだ。それに比べて多恵を襲う現象はもっと曖昧《あいまい》なものだった。でも、傍《はた》から見れば同じように挙動不審に見えていたのだろう。とすると……。

「もしかして、三郎さんにも私と同じ現象が起こっていたんでしょうか」

「その可能性はあるな」

そうだとすると、多恵に起こる現象も七人みさきの伝承に関係があるのだろうか。

多恵が足を止めると、彼も自然と多恵に合わせる。

「私、別荘に来た初日の夜に妙なものを見かけたんです」

海に視線を向ける。さざ波に揺れる海面はいまは穏やかだ。だが、あの日の夜、多恵は確かに海の上に立つ複数の人影を見かけた。

すべて話し終えると、聖は難しい顔をして唸《うな》った。

「海面に立つ人影、か。このあたりの海は遠浅ではない。浜辺から少し離れるとすぐに深くなる。多恵の話からすると、その人影があったあたりは相当深くなっているはずだ。とても人間が立てる場所じゃない」

人間が立てる場所ではないのなら、そこに立っていたモノは一体何なのだろう。

おそらく、人ではない何かだ。

改めてあの時の光景が脳裏に浮かび、ぞわぞわと背筋を冷たいものが這《は》いのぼってくるような心地になる。

聖は顎《あご》に手をやりしばらく考えにふけっていたが、急に多恵の手を取ると、

「帰ろう」

鋭く呟《つぶや》き、別荘に向けて足早に歩き出した。

「聖さん？」

「もっと警戒しておくべきだった。七人みさきの話、伝承そのままが事実かどうかはわからんが、何かよくないものがこの辺りにいることは間違いなさそうだ。とにかく別荘に帰ろう。すぐに周りに結界を張っておくから、なるべくそこから出ないようにしてくれ。原因をはっきり究明したいところだが、準備が整い次第ひとまずここを離れよう」

聖は一気にまくしたてたあと、一息ついてから静かに告げる。

「なんとなくだが、胸騒ぎがする。いまはここに長居しないほうがいい」

別荘に戻ってからの聖の行動は早かった。

大悟と庄治に手伝ってもらって、別荘の敷地の周りに真言を唱えながら燃やした霊符の灰を埋め、室内の襖《ふすま》の裏や掛け軸の裏などにも霊符を貼り付けた。

「きっちり埋めてきたで」

「あちらも終わりました」

大悟と庄治の報告に、聖は頷く。

上空ではトンビが飛びながら鳴いていた。心なしか数が多く感じるのは気のせいだろうか。いつも数羽飛んでいるのはよく目にしたが、いまは十羽……いや二十羽ちかくのトンビが近くの松の木の上でしきりに鳴いたり、上空で声をあげながら飛び交っている。その声がやけに不安をあおってくる。

「なんか、嫌な雰囲気やな」

大悟も空を見上げながら、ぼそりとそんなことを言っていた。妙な胸騒ぎを覚えているのは多恵だけではないのかもしれない。

庄治も、

「今朝から、管狐たちも竹筒の中に閉じこもって呼んでも出てこないんだ。生き物たちが妙に騒がしくて怖がってるみたいでさ」

眼鏡を指の腹で直しながら、飛び交うトンビを眺めて不安げに返した。

最後に聖が別荘の外に出て両手で印を切りながら、真言を唱えた。

すると、隣で見守る多恵にも肌で感じられるほど、みるみるあたりの空気が清浄なものに変わっていく。たとえて言うなら、霊験あらたかな古刹《こさつ》や古社の境内にいるような清らかな心地だった。この中には悪いモノや邪《よこしま》なモノは入ってこられないのだと感覚で理解できる。

「これでひとまずは安心だろう」

硬く険しかった聖の表情にもようやく仄《ほの》かに笑みが灯《とも》る。

多恵も、ほっと安堵《あんど》の笑みを零《こぼ》した。

「ありがとうございます。なるべくこの中にいるようにします」

「ああ、窮屈だろうがすまない。とはいえ、これらは鷹乃宮の屋敷にほどこされているような正式な結界ではなく、あくまで簡易的なものなんだ。本格的に結界を張ろうとすると、数日間禊《みそぎ》をして身を清め、器具も特殊なものを揃えてなど手間がかかるから、いますぐここでは無理だ。とりあえず帰り支度が済むまでのその場しのぎにしかならんだろうから、早く帝都に帰ろう」

「はい」

せっかくこんな素敵な別荘に来たのに、のんびりする間もなく帰らねばならないのは名残惜しくもあるが、それにも増して怪異におそわれるかもしれないという不安の中にいるのは耐え難かった。

「みなにも、申し訳ないが準備を急いでもらおう」

聖から急遽明日《きゅうきょあした》、帝都へ戻らなければならなくなったと聞かされた女中や下男たちは突然の予定変更に驚いて呆然《ぼうぜん》としたあと、これは急がねばと大慌てで帰り支度をはじめた。

多恵も手伝って箪笥《たんす》に仕舞っていた着物を行李《こうり》に入れ直すなどしていたら、表玄関から「すみません」と声がする。誰か客が来たようだ。荷物の確認をしていた聖が中座して応対に出ていくので、多恵もあとに続いた。

表玄関に出てみると、来ていたのは村長の吉村と、先日酒宴をともにした川田住職、それに三郎の三人だった。

三郎がびくびくしているのはいつものことだが、今日は吉村と川田の表情も険しい。

「どうしたんだ？」

吉村たちの様子を訝《いぶか》しがって聖が尋ねると、吉村と川田は互いに目配せしあったあと吉村が切り出した。

「鷹乃宮様は怪異の脅威に明るいとお聞きしたことがございます。そこで恥を忍んで助けを請いにまいりました。鷹乃宮様、どうか、どうか我が村をお助けくださいっ!!」

吉村は聖の手を両手ですがるように摑《つか》んで頭を下げる。傍から見てもわかるほど震えていた。

三郎は両耳に手をあてて、何やらぶつぶつと呟いている。先日見かけたときよりも、明らかに異常さが増していた。

「何があったのか聞かせてくれるか？」

二人に聞いても埒《らち》があかないと判断したのだろう。訪問客三人の中では一番冷静そうな川田に言葉を向けた。

川田は渋面に口を一文字に引き結んでいたが、聖に促されて重い口を開いた。

「鷹乃宮様。何か、おかしなことがおこっとります。村中の牛や馬が落ち着かんのです。一匹残らず異様に興奮して、脚を踏み鳴らし暴れております。鶏は明け方でもないのに一斉に鳴き喚《わめ》き羽をばたつかせて、落ち着かせようとした村人たちが手足に傷を負う始末。犬などいつもは大人しい奴までひっきりなしに吠《ほ》え立て、猫は高い木に登って下りてきません。鳥たちも、このとおり」

耳を澄まさなくても、別荘をとりまくようにあちこちで鳥たちの鳴き声がしていた。ついで、別荘の外で鋭い嘶《いなな》きが聞こえる。それもひとつではない。

聖は近くの部屋で荷づくりをしていた下男たちに短く指示を出す。

「いますぐ、うちの馬たちを確認してきてくれ」

「へ、へぇっ」

二人の下男が裏口へと駆けていった。

川田は沈痛な面持ちで話を続ける。

「こんなこと、いままで一度もありません。まるで何かに怯《おび》えているようです。もっとおかしいのは人間です。妙な声や気配がするといって怯える者が何人もおります」

聖はハッと多恵を見やった。多恵が経験した怪異とよく似ている。

多恵が、

「あ、あの……その人たち、たとえば海で妙なものを見かけたとか言ってはいませんでしたか？」

と尋ねるも、川田は小首を傾げる。

「さあ、そこまでは。まだ詳しく話を聞いたわけじゃないんでわかりませんが……。ああ、でもみな海で親きょうだいを亡くした者たちです。そやから、七人みさきの祟《たた》りだと噂して、みな怖気《おじけ》づいております。欠けた一人を探しにきたんじゃ、言うて」

「欠けた、一人……」

七人みさきは海で死んだ者たちの亡霊だと、前に聞いた。そして、七人のうちの誰かが成仏して人数が足りなくなったら、生きている人間を殺して欠員を埋めるのだと。

妙な声や気配を感じた村人たちは、海で死んだ親しい者の魂が自分を迎えにきたと怯えている。

それは、目の前の三郎も同じだ。彼は幼馴染《おさななじみ》の勘吉が自分を取り殺して七人みさきに加えようとしているのだと信じ切っていた。

（あれ？　でも、じゃあ、私は？）

多恵にも同じ怪異が起きている。しかし、多恵には海で死んだ知り合いなどいない。母を亡くしてはいたが、病死だ。多恵が一人で看病し、一人で見取って埋葬まで済ませたのだから間違いない。それではなぜ、多恵にも彼らと同じような怪異が起きているのだろう。

そんなことを考えている間にも、川田の話は続いている。彼は三郎の背中を押すと聖の前へつき出した。

「こいつの状態が一番ひどいんです。最初に七人みさきに目をつけられたんはこいつじゃなかろうかと思うて連れてきました。どうかお守りくださらないでしょうか。こいつの家は老いた父親とふたりきり。兄二人も立て続けに亡くして、さらにこいつがいなくなってしまえば跡取りもおりません」

三郎は焦点の合わないぼんやりとした目つきのまま、耳を押さえてぶつぶつと小声で呟《つぶや》き続けている。

吉村はようやく聖の手を離すが、改めて深く腰を曲げて頭を下げた。

「村人たちはみな七人みさきに怯えきっております。鷹乃宮様、どうか七人みさきを祓《はら》う知恵をお授けください。このままじゃ、村がどうかなってしまいます」

そのとき、裏庭にある馬小屋へ様子を見に行っていた下男がばたばたと慌てた様子で戻ってきた。

「御館様《おやかた》、やっぱだめだ。うちの馬たちも、尋常じゃないくらい興奮してる。あれじゃ、馬車を牽《ひ》かせらんねぇです」

「そうか。となると、この事態を何とかしない限り明日の出発も難しそうだな」

聖はしばらく思案したあと、ふぅという嘆息とともに結論を口にした。

「わかった。何らかの怪異がこの村で起きているのは間違いなさそうだ。私の方で何とかしてみよう」

その言葉に、吉村と川田は安堵の表情を浮かべた。

そのあとすぐ、一階にある応接室にて聖、吉村、川田の三人で対応策を相談しはじめた。七人みさきに関する伝承の類《たぐい》はこの村には何も残っていないが、隣村の寺はこの地方で一番の古刹で、かつて七人みさきに関する神事を行っていたという。もしかしたら何か記録が残っているかもしれないので、そちらへ行ってみることになった。

出向くのは聖と、古文書の解読に長《た》けた庄治の二人。それに吉村など村の者が同行する。

一方、多恵は結界がはってある別荘内が一番安全なので、ここで留守番するよう言われた。大悟も警護のために別荘に残り、ついでに三郎も別荘で預かることになった。

聖は念のため、出発前に別荘の結界をできる限り強化していってくれた。厨房《ちゅうぼう》にあった塩を真言で清めて別荘の周りに撒《ま》き、雨戸はすべて閉めさせてそこに霊符を追加で貼り付けた。

すべての準備が整うと、出発する聖と庄治を多恵と大悟が表玄関で見送った。聖は多恵を前にして、憂色に顔を曇らせる。

「こんなときに残していくのは、心配でならないが……」

さっきからずっと多恵の手をぎゅっと握ったまま離してくれない。多恵も彼が行ってしまうのはとても心細かった。でも、彼のことを必要としている人たちがいるのだから、引き留めるわけにはいかない。

明るくふるまって、少しでも彼の心配を減らそうと努めていた。

「大丈夫ですよ。聖さんが幾重にも施してくださった結界がありますし、大悟さんもいるんですから」

「そうやで。オレにかかったら、どんな怪異もいちころや」

大悟がどんと胸を叩《たた》く。

「大悟、多恵とみんなのことをよろしく頼む」

この村には車の類はなく遠出するときは馬車を使うらしいのだが、その馬車もいまは馬の興奮がおさまらないため使えない。結局、近隣で車というと郵便車しかないという結論になった。そこで、中野郵便局長が実用の始まったばかりの郵便車を他の街から呼び寄せてくれたのだが、郵便車は郵便物を運ぶものだ。大きな荷台の前には運転席と助手席しかない。そのため、ほかの者たちは荷台に乗っていくらしく、しかも荷台は酷《ひど》く揺れるとかで、多恵がついていっても足手まといになるのは間違いなかった。

「そんなにご心配なさらないでください。私、大人しく別荘のなかで聖さんの帰りを待っていますから」

本当は一緒に居てくれればこれほど心強いことはない。でもその本心が喉《のど》から出かかるのを必死に押しとどめた。

そんな多恵の気持ちに気づいているのか、聖は多恵を引き寄せてぎゅっと腕の中に抱きしめる。大悟と庄治がそばにいるのに、だ。普段、他人がいる場所では絶対そういうことをしない彼だが、いまはそんなことにかまっている場合ではないのだろう。

それは多恵も同じだった。そっと彼の背中に手を回すと、優しく抱きしめる。

お互いのぬくもりを惜しむようにして抱き合ったあと、どちらからともなくそっと身体を離す。いつまでもこうしていたいけれど、玄関の外では吉村たちが待っている。これ以上引き留めておくわけにはいかなかった。

「いってらっしゃいませ。お気をつけて」

多恵が微笑むと、聖も小さく笑みを返す。

「ああ、多恵もな」

大悟が腕に力こぶを作り、いつもの元気な声で言う。

「オレがついてるんやから、大丈夫やって。ほら、早《は》よ行かんと日が暮れてしまうで」

「そうだな。多恵、俺たちが出たあと、最後に表玄関に霊符を貼っていく。それで結界が強固になるはずだ。邪悪なものは一切入れなくなる。俺たちが帰るまで表玄関は開けないでくれ」

多恵は快諾する。

「はい。もちろんです」

そうして、聖はまだ名残惜しそうにしながらも庄治を連れて別荘を出た。表玄関は引き戸に擦り硝子《ガラス》が嵌《は》められている。その擦り硝子越しに聖が左右の戸の境目へ霊符を斜めに貼って行く影が見えた。白シャツの色と背丈で、そこにいるのが聖だとわかる。

その影が去ると、急にしんと別荘の中が一段静まり返ったように感じた。途端に胸の内に物寂しさが込み上げる。多恵はしばらく廊下に立ったまま、表玄関を見つめていた。

そんな多恵を心配してか、女中頭のお常さんがお盆にお茶とお茶菓子を持ってやってきた。

「さあさ、奥様。ちょっと三時は過ぎてしまいましたが、お茶にしましょう。食が細くなってはいざというとき動けません。それに、甘いものを食べればきっと心も落ち着きますよ」

「ありがとう、お常さん」

一階の和室に座卓を広げて、多恵と大悟でお茶をすることになった。二人だけでは寂しいのでキヨとお常さんにも一緒してもらう。三郎もお茶に呼んだのだが、彼は部屋の隅でうずくまってじっとしているのでそれ以上は声をかけなかった。

お常さんが持ってきてくれたのは、ほんのり甘い求肥《ぎゅうひ》のなかに餡子《あんこ》をつめた生菓子だった。この村に和菓子屋はないので、料理人の嘉川たちが作ってくれたのだろう。

甘いものを食べ、馴染《なじ》みの人たちとおしゃべりをしていたら、雲のように心を覆う不安な気持ちも薄らいでくる。しかし憂いがすべて晴れてしまうわけではなく、心の奥底ではまだ汚泥のようにべたっとはりついていた。

そうこうしている間に夕飯の時間となり、それもいち段落してキヨや大悟とおしゃべりして過ごしていると、柱にかかった時計がボンボンと時報を鳴らした。

雨戸を閉め切っているので時間の感覚が薄いが、時計の針は夜の十時を回っていた。

聖たちが出かけてだいぶ経つ。今日はあちらに泊るのだろうか。

時計を見ながらぼんやりしていたら、キヨが湯呑《ゆのみ》などをお盆に片付け始めた。

「そろそろお布団敷きましょうか。どうしましょう、殿方は隣の部屋に寝てもらって、奥様はこちらで休まれます？」

二階の自室で一人で寝るのは不安が強いので、一階の人の多いところで寝られるのは心強い。そのうえキヨはさらに嬉《うれ》しいことを提案してくれた。

「もしお嫌でないのでしたら、私やお常さんもこちらでご一緒しましょうか？」

「ほんとに？　お嫌なんかじゃないです。ぜひお願いしますっ」

キヨやお常さんがそばにいてくれるなら、なおさら心強い。

「わかりました、じゃあ、こちらに布団を敷かせてもらいますね」

キヨはにっこりと逞《たくま》しい笑みを浮かべる。

聖がいないこの別荘で夜を過ごすのは不安だったけれど、みんなで布団を並べて寝られるのはなんだか新鮮で心が浮き立つ。

ほっと気が緩んだとき、玄関の方から声が聞こえた。

……ゴメンクダサァイ……

若い男の声のようだ。

どこか遠くで聞こえているようにも、近くでしているようにも感じられる。ざらりとした耳に障る声だった。

「あらあら。こんな夜更けにお客様でしょうか」

お常さんが、よっこらしょと座卓に手をついて立ち上がる。

「御館様《おやかた》が、帰ってらしたんですかね」

と、キヨも答えて二人で表玄関に向かおうとしたのを、多恵は二人の袖《そで》を掴《つか》んで引き留めた。

なんだろう、嫌な予感がする。

……ゴメンクダサァイ……

再びあの声が聞こえた。三人でそっと明かりのついていない暗い廊下に顔を出して、表玄関の方を覗《のぞ》いてみた。

玄関の中は暗く、外の軒下につけられた玄関灯の明かりだけが擦り硝子越しにぼんやりと灯《とも》っている。その仄暗《ほのぐら》い明かりに照らされて、擦り硝子の向こうに黒い人影が見えた。

表玄関の外に誰か立っているようだが、なぜか輪郭が怪しい。体格が細いようにも太いようにも見えるのだ。もしかしたら、ゆらりゆらりと近づいたり遠のいたりしているのかもしれない。

(いや、それより待って。なんでこんなに真っ黒な影しか見えないの?)

昼間、聖たちが出かけたときは霊符を貼る聖の姿が擦り硝子ごしに見えた。あのときも輪郭はぼやけていたものの聖が着ている白シャツの色ははっきり見えていた。しかし今見えている人影は全身が黒一色だ。

あれはこの世ならざるものだ、と直感が告げる。おそらく聖が結界を施し、玄関に霊符を貼ったので屋敷の中までは入ってこられないのだろう。

だから、中から開けさせようとしているのだ。

多恵は、ごくりと唾《つば》を呑《の》み込んだ。

人影はゆらゆらと遠くなったり近くなったりしながら、なおも話しかけてくる。

……ゴメンクダサァイ、ココニ、アイツ、キテマスヨネェ……

同時に、ガシャンガシャンと表玄関の引き戸が揺れる。

(アイツ? 誰の事?)

そう思ったときだった。座敷の奥から、

「うわあああああああああああ!!」

叫ぶ男の声が聞こえた。絶叫といってもいいほどの声だ。

振り返れば、先ほどまで隅で蹲《うずくま》っていた三郎が喉がはち切れんばかりに叫んでいた。

すぐに大悟が落ち着かせに行くが、三郎は暴れ出す。がむしゃらに手を振り回して抵抗した。

「ちょ、落ち着けって。どないしてんな。この家の中にいる限り安全やって」

仕方なく大悟が三郎の両手を掴んで押さえつけようとした。しかし、三郎は容赦なく大悟の腕に思いきり嚙《か》みつく。

「いっ! ちょ、なにすんねんなっ」

痛さのあまり大悟の手が緩んだ隙に三郎は逃げ出し、転がるように廊下へ出た。そして、玄関の人影へと怯《おび》えた目を向ける。

「お、お、お前。勘吉やろ！　ひとり助かった俺が憎くて、迎えに来たんや！　俺、七人みさきなんかに死んでもならへんからな！」

三郎が玄関の人影に向かってひとしきり叫ぶと、人影は引き戸を揺らすのをやめた。

しん、と耳が痛くなるほどの静寂があたりを包み込む。

人影がカゲロウのようにぼうっと消えた。玄関灯の電球が明滅したかと思うと、ばちっと音を立ててショートする。

玄関が暗闇に包まれる。最後に、声だけが聞こえた。

……サブロウ、ニゲロ……アレガ、クル……

しばらく誰も動けなかった。三郎は放心したように廊下に座り込んでいる。

最初に口を開いたのは大悟だった。

「いったぁ。おもいっきり嚙みおったな」

恨みがましそうに言うので彼の腕を見てみると、歯型の形に赤く傷になり血が滴っていた。かなり深く嚙まれたようだ。

「大変っ、キヨさん。救急箱！」

多恵が指示すると、キヨも「はいっ」とすぐに動いて救急箱を探しに行く。

「ほれ、これで押さえなされ」

お常さんもどこからか真新しい手ぬぐいを何枚ももってきて大悟に差し出す。

「ああ、おおきに」

大悟が傷口に手ぬぐいを当てて、その上から手で圧迫する。多恵はハラハラして見守ることしかできなかったが、キヨが救急箱を持ってくると大悟はその場に腰を下ろして自分で消毒を済ませ包帯も巻いてしまう。とても手慣れている。

三郎はというと、ぼんやりと暗闇に沈む玄関をながめていた。

やおら俯《うつむ》いて自分の手のひらを眺めたあと、ぽつりと呟《つぶや》くのが聞こえた。

「ハイッタ」

ただ一言だったが、多恵は明らかな違和を覚える。

そのひっかかりの正体に思い当たり、多恵は「ひっ」と喉《のど》を鳴らして後ずさった。

三郎の口から出たのに、三郎の声ではなかったのだ。先ほどまで玄関の外から聞こえていた人影の声に似ている。低く、ざらりと耳に障る声。

「どうしたん？」

応急処置を終えた大悟が多恵の異変に気付いて傍までやってくる。

多恵は三郎の声の違いをはっきりと指摘するのが恐ろしくて、ひきつった表情のまま静かに三郎を指さした。

三郎はいまだ、手のひらを閉じたり開いたりしながら眺めていた。まるで、身体の感触を確かめているようだ。

そして、三郎は顔だけ動かしてゆっくりとこちらを向く。多恵と目が合うと、にたっと口端をあげて嗤《わら》った。

多恵の血の気がさあっと引いていく。

(三郎さんじゃない！　三郎さんはこんな笑い方をする人じゃない！)

ここのところ怯えた表情しか見ていないが、別荘に来た初日に蟹《かに》の茹《ゆ》で方を教えてくれた三郎は、はにかむような穏やかな笑みを浮かべることもあった。少なくとも、こんなおぞましい笑い方をする人ではなかったはずだ。

(じゃあ、いま三郎さんの姿をしているモノは、何？)

『七人みさき』の言葉が脳裏に浮かぶ。

ハイッタとは、三郎の中に入ったということなのだろうか。

聖の霊符は破られてはいないはずだ。壊された形跡もない。それなのになぜ、さっきまで玄関の外にいた何かが三郎の中にいるのか。多恵の頭の中は恐怖とともに混乱する。

大悟も異変に気付いたのか、多恵を守るように前に出た。

「なんやお前。えらい雰囲気が変わったやん。どないしたん？」

口調は気さくだが、どすを利かせた威圧する声音で大悟は尋ねた。

三郎はこちらに顔をむけたまま、すっと立ち上がる。先ほどまで笑みを湛《たた》えていた顔から表情が消えていた。能面のようなうつろな目で多恵たちを眺めると、一言、

「キテヤ」

と言ったあとに、それまでの放心した様子が嘘のように急に廊下を駆けだした。

「あ、三郎さん！」

多恵も慌てて廊下に出るが、背中がどんどん遠ざかっていく。三郎は玄関の框《かまち》から三和土《たたき》へと跳び下り、聖が霊符を貼っていった玄関の引き戸を無理やりこじあけると、裸足《はだし》のまま外へと飛び出してしまった。

「待って！　三郎さん！」

慌てて多恵も後を追おうとするが、その腕を大悟が摑んで引き留めた。

「あかんて。ここに居とかな、外に出たら何がおるかわからんやん」

多恵は必死に訴える。

「でも、いま『キテ』って言ってました。何か理由があるのかも。それに」

先ほど感じた疑問に、ようやく納得のいく答えがみつかった気がした。

「聖さんは邪悪なものは結界の中に入れないって言ってたんです。じゃあ、なんで、結界が壊れていないのにアレは入ってこられたんでしょうか？」

「え」

問われて、大悟は目を彷徨《さまよ》わせる。

「なんでやろ……。言われてみれば聖の結界が壊れた形跡ないしな」

「さっきのアレ、もしかしたら邪悪なものじゃないのかもしれない」

アレは『ニゲロ』とも言っていた。一体何から逃げろというのだろうか。

何かすごく大きな見当違いをしてるんじゃないのかという、気持ち悪さが胸を塞《ふさ》ぐ。

本当にここに居ていいのかすら、わからなくなる。

「だから、確かめたいんです。大悟さんも一緒に来てくれませんか？」

多恵ひとりよりも、武に秀でた大悟が一緒に来てくれれば心強い。それに三郎に入った何かによって表玄関の霊符は破かれてしまった。聖の施した結界は、完全ではなくなっている。

じっと睨《にら》み合うような沈黙のあと、折れたのは大悟の方だった。多恵から手を離し、ガシガシと頭を掻《か》く。

「しゃーない。こっそり出ていかれても困るし、多恵ちゃんになんかあったらオレ、聖にどつかれるくらいじゃ済まへんからな」

「ありがとう、大悟さん。キヨさん！　お常さん！　ちょっと三郎さんを捜してきます！」

奥に声をかけて、すぐさま二人で別荘を飛び出した。

外は丸い月がのぼりうっすらとした明るさはあるが、出歩くには物足りない。隣にいる大悟すらぼんやりと輪郭が分かる程度だ。提灯《ちょうちん》を持ってくるべきだったと思い直すが、大悟は海辺の方を指さした。

「あっちにおるわ」

「見えるんですか⁉」

「ああ、オレ、夜目が利くねん」

大悟が笑ったのが雰囲気で察せられたが、なにぶん薄暗くて表情まではわからない。

そのとき、玄関からキヨが急いだ様子で出てきた。

「奥様！　これを持っていってくださいまし」

渡されたのは風呂敷《ふろしき》に包まれた手持ち行燈《あんどん》と燐寸《マッチ》にろうそくだった。

「ありがとう、キヨさん」

いくら大悟の夜目が利くといっても、光源はあったほうがいい。

有難く受け取り風呂敷ごと背中に回して胸の前で留める。風呂敷の中身が少ないときは手で持つよりこうした方が歩きやすい。

すぐさま三郎を追って、多恵と大悟の二人は歩き出した。三郎は……というか、三郎の中に入り込んだ何かは、多恵たちが来るのを待っているようだった。多恵たちが近づくと、再びどこかへと向かって歩き出す。さほど速くない足取りのため多恵でもなんとかついて行くことができた。

彼は生い茂る下草をかき分けながら別荘のある丘を下り、海岸沿いに進んで行く。それに多恵と大悟は少し離れてついていった。

浜辺の砂に足を取られそうになりながら歩いて行く。空からは真ん丸な月が静謐《せいひつ》な光を落としている。銀色の光に、まわりの景色が朧《おぼろ》げに浮かび上がっていた。色は見えず、白と黒だけの世界だ。

そのとき少し前を歩いていた大悟が怪訝《けげん》そうに呟いた。

「なんや凪《なぎ》な日が多いなと思っとったけど、今日は気持ち悪いくらいまったく風がないな」

「そういえば……」

たしかに海風がまったく感じられない。寄せては返す小さな波音が聞こえるだけ。あとは多恵たちの砂を踏む音が聞こえるのみで、酷《ひど》く静かだ。不気味なほどの静寂があたりを支配している。

しばらく歩くと砂浜が姿を消し、ごつごつとした岩場になる。足を取られないよう、大悟にも助けてもらいながら慎重に足をすすめる。

どれだけ歩いたのだろうか。別荘からはどれくらい離れたのか。

そろそろ感覚もあやふやになったころ、二人は岩場の中にある小さな洞窟《どうくつ》の前にたどり着く。

「三郎の奴、この中に入っていったで」

いまはかなり潮が引いているため洞窟が姿を現わしているが、おそらく満潮になればこの洞窟は海に沈んでしまうことだろう。いま潮が引きつつあるのか満ちつつあるのかもわからない。再び潮が満ちるまでどれくらいの猶予があるのだろうか。

不安は尽きないが、この中に三郎が入っていったというのなら、後を追わないわけにはいかない。そのためにここまで来たのだから。

「行きましょう、大悟さん。あ、ちょっと待って」

外は月明かりがあるため夜目が利かない多恵でもなんとか歩けたが、洞窟の中ではそうもいかない。背中にくくりつけてあった風呂敷包みを解くと、手持ち行燈に燐寸で火をつけた。

手持ち行燈に灯《とも》された火がぼんやりとあたりを照らす。

洞窟は多恵がぎりぎり立って歩けるくらいの高さしかない。大柄な大悟は窮屈そうに腰をかがめて通るしかなかった。

二人は手持ち行燈の灯りを頼りに洞窟の中を進んで行く。足元にはまだ海水が残っているため、ところどころ大きな水たまりになっている。水たまりを避けつつ、どうしても避けられないときは思い切って海水の中を歩き、洞窟のごつごつとした岩壁に手をつきながら進んで行く。天井はどんどん低くなっていくようで多恵も頭を下げないと進めなくなってきたが、大悟はさらに窮屈そうだ。

行燈の光で前を照らすが、三郎の姿は見えなかった。

「この先で、あってるんですよね?」

心配になって大悟に尋ねると、彼も困惑したような声を返す。

「この中に入ってくのをたしかに見たから間違いはないと思うんやけど、にしてもここ、案外奥まであんねんな」

しばらく行くと行き止まりになっていた。

「あれ? どういうことやろ?」

その奥に三郎の姿はなかった。忽然《こつぜん》と姿を消してしまったかに思えたが、岩壁の奥に何か白いものが落ちていることに気づいて多恵はそれを拾い上げる。

手に取ってみると、一枚の手ぬぐいだった。まだ真新しい。これが三郎のものだったかどうか定かではないが、ほとんど汚れもないところを見ると、いましがたここに落ちたもののように思えた。

その付近を調べてみると、そばの岩壁の下に一尺半《約四五センチ》ほどの高さの横穴が見つかった。

「ここに三郎のやつ入ってったんやろか」

「ちょっと行ってみます」

早速多恵が行燈を片手に入ろうとすると、大悟が慌てて止めた。

「ちょ、ちょっとまち多恵ちゃん。もし野生動物でもいたら危ないやんか。オレが先に行くから。怪我でもさせたらオレ、聖に何て言うていいかわからへん」

そう言われたら先を譲るしかない。行燈を渡して大悟に先に行ってもらう。大悟はほとんど這《は》うようにして横穴の中を進んで行くが、しばらくしてくぐもった声が聞こえてきた。

「あれ？　なんやここ。多恵ちゃん、来ても大丈夫そうやで。この横穴そんなに長くないわ」

大悟が穴の向こう側から行燈で照らしてくれている。多恵も四つん這《ば》いになりながらその横穴をくぐると、すぐに広いところに出た。

立ち上がって、上を見る。

「うわぁ」

木霊《こだま》した声がワンワンと響いた。大悟に周りを照らしてもらうと、一部屋分ほどの空間がそこに広がっていた。天井も高い。

「あれ、なんやろう」

大悟が奥を指さす。そちらに行ってみると壁際に小さな祠《ほこら》が建っていた。

多恵でも一抱えにできてしまいそうなほどの小ぶりな祠だ。手前にあったとおぼしき鳥居は朽ちて足元だけになっている。祠の屋根は崩れて半分なくなり、観音開きの扉は右側が外れ、左側も斜めになって落ちかけていた。

「随分前に忘れられてしまった祠のようですね」

「そうやな。あ？　なんやこっちにも何か書いてあるで」

大悟が祠の裏を覗《のぞ》き込む。ちょうど真裏にある岩壁はそこだけ綺麗《きれい》に磨かれており、つるりとした表面に文字が彫ってあった。

ひとしきり読んだあと、多恵はふぅと小さく息をついた。

そこに書かれていたのは、予想外の事柄だった。

『昔　大いなる厄災　村村を襲ひけり
海より恐ろしきものきたりて　人人を喰《く》ひけり
勇ある若人　身を挺《てい》して立ち向かひしによりて

人人　逃ぐることを得たりけり
命を落とし七人の若人をここに祀《まつ》り　守り神　七人御先とす』

昔、大いなる厄災が村を襲った。海から恐ろしいものがやってきて、人々を喰った。勇気ある若者たちが身を挺して立ち向かったことで、人々は逃げることができた。命を落とした七人の若者たちをここに祀り、守り神『七人御先』とする。そう書かれていた。


「御先て書いて、『みさき』とも読めるな」

大悟が言うのに合わせて多恵も頷《うなず》く。

「もしかして、これが本来の七人みさきの伝承だったんでしょうか」

「かもしれへんな。長い年月を経て伝承の一部が抜け落ちて、怖い話として変化してしもたんかも」

「でも、恐ろしきものって何でしょうね……」

いままで怪異の正体は七人みさきだと考えてきた。

でも、この祠の裏に書かれている内容は全く別の可能性を示唆している。

七人みさきは、元来人々を守る存在だったのかもしれない。

では、人々を襲う海から来た恐ろしいものとは一体何だろう。

岩壁に書かれた文字をみつめながら考えにふけっていても答えはでない。

隣町の古寺に情報収集にでかけた聖たちが何かみつけていればいいのだけれど。

そのとき、多恵たちの後ろで草履を擦る足音が聞こえた。

振り返り、そちらに手持ち行燈《あんどん》の灯りを向けると、いつの間にそこにいたのか三郎が立っている。

「三郎さん。どこおったんや、あんた」

いまのいままでどこにいたのかはわからないが、三郎の中に入った何かが見せたかったものは、おそらくこの祠の裏に書かれている事柄なのだろう。

「三郎さん。ううん、いま三郎さんの中に入っているのは、海で亡くなったっていう勘吉さんですか？」

おそるおそる多恵は尋ねるが、三郎は答えない。ただ、目の前の三郎の姿をした男からはおどおどした気配も柔和な穏やかさもどちらも全く感じられなかった。

ただ洞窟の入り口の方を鋭く見つめる目が、行燈の灯りを反射して爛《らん》と輝く。

三郎の姿をしてはいるが、中に入っている人物はまったく別人なのだとわかる。

違うとも答えないということは、やはりいまここにいるのは勘吉なのだろう。

「あなたが私たちに見せたかったのは、これなんでしょう？　七人みさきというのは悪いものではなく人を守る存在だったんですね。だから、あなたは聖さんの結界もすり抜けて三郎さんの中に入れたんですか？」

勘吉は何も答えない。そのまま多恵はつづけた。

「だとしたら、あなたが言った『ニゲロ』という言葉がとても気になるんです。七人みさきから逃げる必要がないとしたら、私たちは何から逃げなきゃいけないんでしょうか。それって、もしかしてここに書かれている恐ろしいもののことですか？」

七人みさきではない別の脅威が迫っているんじゃないかと確認したかった。いままで多恵や三郎や他の村人たちが感じていた人の気配や声といった怪異は、海からやってくる何かへの警告や早めの避難を促すためのものだったのではないか。

でも、その警告に気づくことができなかった。だから勘吉はもっと直接的に避難を呼びかけるために『ニゲロ』と訴えてみたり、この場に多恵たちを誘導したりしたのではないか。

勘吉は答えないまま、さきほど多恵たちが入ってきた小さな横穴をくぐって出て行ってしまった。

多恵たちもすぐにあとを追う。洞窟《どうくつ》の出口まで来てみると、勘吉はそこで待っていたが一言も発することはなかった。

三人で洞窟を出て岩場を抜け、別荘へと戻る。

しかし、別荘の裏庭に着いたときのことだった。後ろについてきていた勘吉が突然言葉を発した。

『キタ　モウ　マニアワナイ』

別荘のある村には車がない。

上流階級や職業用の車が普及しつつある帝都と違って、帝都から遠いこのあたりの地域ではまだまだ車を目にすること自体が少ない。そのため、村では遠方にでかけるときは乗合馬車などを利用するのが常だったが、今日は動物たちが異常に興奮しており家畜の馬も例外ではなかった。

よく訓練されている駐在所の馬でさえ、鼻息を荒くし、繋《つな》がれた綱を外そうと頭を左右に激しく振っては脚を踏み鳴らすというのを繰り返している。

これでは到底馬車は使えないということで、村役場の電話を使って近隣の街で一番大きな郵便局に一台だけ配備されている郵便車を至急よこしてもらうことになった。

郵便車は二人乗りのため、助手席には聖が座る。

同行した吉村村長と川田住職、中野郵便局長、それに庄治は荷台に乗ることとなった。吉村と中野は四十代、川田は六十近い。最初、聖はまだ年若い自分が助手席に乗るのは申し訳ないと断ったのだが、吉村たちに「侯爵様を荷台になど乗せるわけにはいきません」と押し切られてしまった。

道は舗装されていないところも多く、郵便車はガタガタ揺れる。

それでも徒歩よりは遥《はる》かに速く、海岸沿いに一時間ほど走れば隣町へとたどり着いた。川田の案内もあって、古寺へは迷うことなく到着する。古寺の住職への説明も川田がいてくれたおかげですんなり話がとおり、すぐに五人は本堂へと通される。

古寺の住職の話によると、七人みさきの祭事をこの寺で行っていたのは確かだが、少なくとも先代の住職の時代には既に途絶えていたため詳細はまったくわからないという。住職は近所に住む檀家《だんか》の人たちにも手伝ってもらい、蔵の奥から出してきた古文書を次々と本堂へ持ってきてくれた。

聖たちの前に和綴《わと》じ本や巻物が積みあがっていく。

どれも御一新前に書かれたもので、古いものだと百年以上前のものもあった。

「すごい量ですね……」

庄治が眼鏡を指であげながら、驚き混じりに一冊を手に取りそっと捲《めく》る。管狐たちは脇に置いた雑嚢《ざつのう》の中で大人しくしていた。好奇心旺盛《おうせい》な管狐たちだから一匹くらいは出てきていたずらしそうなものだが、いまはそんな気配は微塵《みじん》もない。庄治の管狐たちは、いつもながら感心するほど庄治の命令によく従う。

「そうだな。この中に、何か手がかりになるものがあればいいんだが」

一体、これだけの量を見分するとなると、五人がかりでもどれだけ時間がかかるのだろうか。ましてや、ここに手がかりがあるとも限らないのだ。

（多恵たちは、大丈夫だろうか）

胸騒ぎがする。理由もわからないのに、心臓の鼓動が速くなりちりちりと焦燥感にいぶされるようだ。

いや、小さな異変ならいくつもあった。多恵や三郎を襲った怪異、異常な行動を見せる動物たち、村人たちに広がる不安。

明らかに何かおかしなことが起こりつつあるのに、その原因がわからない。良くないことが起ころうとしているのか、それとも杞憂《きゆう》で終わるのか。

それすら定かではないが、心の中にどんどん焦りが膨らんでくる。

「とりあえず、いまは何か手がかりになるものがないか探してみよう」

聖も和綴じ本の山の上から一冊手に取って捲り始める。

活版印刷ではなく、筆で書かれた文字は癖があり読み進めるのに時間がかかった。日本語の本を読んでいるというよりも、英語やドイツ語の本を読んでいるのに近い感覚だ。

そのうえ、経年劣化でボロボロと崩れそうになっているものも少なくない。ちょっと力を入れれば綴じてある紐《ひも》から外れてばらけてしまう。手に持つことすらできず、床に置いたままそっと頁を捲っていくしかない本も多数あった。

これだけの量だ、一つ一つ丁寧に読んでいる暇などない。

ざっと撫《な》でるように軽く目を通して気になる単語があればじっくり読んでみるというのを繰り返す。

そうして、古寺の住職も交ざり六人で文献を読み進めていった。

どれだけ時間が経ったのかわからない。

気がつくとあたりは薄暗くなり字が読みづらくなっていた。住職の奥さんが聖たちの周りに行燈を三つ置いてくれる。蠟燭《ろうそく》の火が揺れるたびに行燈の側面の和紙に映る灯りもゆらめく。

奥さんは聖たちにお茶を出してくれたり、握り飯をもってきてくれたりと何かと世話を焼いてくれて有難い。

探し始めてしばらくすると、何冊か『七人みさき』の祭りに関する書物が見つかった。どうやら、御一新前まではこの寺で毎年春先に祭りをしていたようだ。

名前は『御先まつり』。このあたりを厄災が襲ったときに、人々を守るため犠牲となった七人の者たちを弔い、守り神として祀《まつ》るための祭りだった。どうやら、海沿いに七つの祠《ほこら》があり、それを神主と有志でひとつひとつ回って祈禱《きとう》をしていたらしい。

そこに祀られていた神を『七人御先』と呼んでいた。非業の死を遂げたものを祀り、神とする御先神信仰は全国各地にみられる。また、御先と書いて神の使いを表すこともある。つまり『七人御先』自体は不吉なものなどではなく、民を守るものとして崇《あが》められていたのだ。

神主はこの寺の住職が兼ねていたため祭りに関する資料がこの寺に残っていたようだ。

現政府によって神仏分離政策がとられる前、神と仏を一緒に祀ることは珍しくなく、寺と神社の区別も曖昧《あいまい》だった。

それが御一新後に神道を国教とした際、神仏が明確に分けられただけでなく、土着の神の信仰もまた禁止された。そのためこの寺は寺院として存続する道を選び、それまであった『七人御先』の信仰をやめてしまったようだ。

おそらくだが、それでも人々の記憶から『七人御先』が完全に消えたわけではなく、畏怖《いふ》する心は残りつづけたのだろう。それがやがて年月を経るうちに元の由来が消え去り、欠ければ生者を殺して仲間にするという『七人みさき』の伝承へと変わってしまったものと思われた。

七人みさきの由来はわかったが、では、七人の者が犠牲になった厄災とはいったい何だったのだろう。

それこそが聖たちが探し求めている怪異の正体のように思われたが、その肝心の厄災についての記述がどれだけ探しても出てこなかった。

文献を探し始めて何時間経ったか定かではないが、とっぷり夜も更けてきたころ。

庄治が「あ！」と、小さく声をあげた。

「どうした？」

聖の声に、庄治は顔を上げて和綴じ本の中を指さす。ほとんど崩れかけて、虫食いも多いボロボロの本だった。

「ここ！　ここ、見てください！」

聖は庄治のそばにいき、和綴じ本を覗《のぞ》き込んだ。庄治が指さしたところに、『悪神悪樓《あくる》』と書かれている。傍には絵も描かれていた。海で小山ほどもある怪魚が暴れている絵だ。その怪魚はどうやってかわからないが、人を喰《く》うのだと書かれていた。近隣の村々を襲い甚大な人的被害が出たとある。さらに……。

「悪樓が現れるとき、海風はあまりのおそろしさに吹くのをやめ、馬や牛、鼠にいたるまで乱心する、とあります」

読み上げる庄治の声は僅《わず》かに震えていた。

「凪《なぎ》……」

聖も、その一文を凝視した。

それはまさに、あの村に起きている状況と酷似している。

吉村が狼狽《ろうばい》して声をあげた。

「た、たしかにここんところ凪が続いてまともに漁もできない日が多かったんです。動物らも暴れとるし、なんもかんも同じじゃ。まさか、この悪樓ってのがうちの村を襲うっちゅうんですか⁉」

みなの間に緊張が走った。

全員の視線が聖に集まる。ここで下手なことを言えば、余計な混乱を招くだろう。

聖は努めて冷静な声で、いつもよりゆっくりと話しだす。彼らに言い聞かせるようでいて、自分にも戒めているような気持ちで答えた。

「まだわからない。早合点してしまえば、大事なことを見逃すこともあり得る。もしかすると悪樓への対処方法もどこかに書いてあるかもしれない。探してみよう」

「わ、わ、わかりましたっ」

吉村はこくこくと首振り人形のように頭を動かし、川田と中野も静かに頷《うなず》きあう。

そのあとは再び黙々と文献を探す作業に戻った。

しかし、聖の心の内には酷《ひど》い焦りが生まれていた。

(悪樓とはなんだ。海から来て、人々を襲うもの。魚の絵が描いてあったがどうやって襲うというんだ)

じくじくと胸の内が燻《くすぶ》るのは、数年前、同じ日本海側だが遠く西の方で漁村が全滅した怪異事件があったのを、特四の未解決事件簿の中に見た覚えがあったからだ。

村人たちは、男も女も年寄りも子どもも関係なく全員がまるで体内の水分を吸いつくされでもしたかのような木乃伊《みいら》状態で発見された。それだけでも怪異だが、不思議なことに全員が海に背を向けて倒れて死んでいたという。

たしか第一発見者である行商の男が村に着いたときはまだかろうじて一人だけ生存者がいたが、その者が『海から来る。死者がかえってくる』と話してこと切れたと記録に書かれていた覚えがある。

(海から来る、か。今回の事案と似ている。だとすると、悪樓とは海で死んだ者の霊のことなのか?)

魚なら陸に上がってしまえば何とかなりそうだが、海から死者が襲ってくるとなると話は全く別だ。

海に囲まれたこの国では、大昔から人々は漁に採取に海運にと、海とともに生きてきた。ときに不幸な事故で亡くなることも、そう珍しいことではない。海に大量の死者の魂が眠っていたとしてもおかしなことではなかった。

（それが海から帰ってきたら。生者を妬《ねた》み、羨《うらや》み、その生気を吸い取って死に至らしめるとしたら。いや、どれも仮定にすぎない。いたずらに恐れるのはやめよう）

聖は軽く頭を横に振って、嫌な考えを追い払おうとした。しかし、重い不安と焦燥は胸の奥にこびりついて強くなる一方だった。

結局、山になった文献をすべて見尽くしても、それ以上の悪棲に関する記述はどこにも見つからず対処法もわからなかった。

古寺の住職は泊っていくように勧めてくれたが、村の様子が気になって仕方がなかった聖は丁重に断る。吉村たちには休んで夜が明けてから戻ってくればいいと伝えたのだが、彼らも早く村の様子を確かめたかったのだろう。

夜更けに古寺を発《た》って、別荘のある村へと戻ることになった。

「なんでこんなに風がないんでしょうな。ここまで長い凪ははじめてかもしれません」

荷台に乗り込んだ中野が、薄気味悪そうに呟《つぶや》いた言葉がずっと聖の脳裏にこびりついていた。

（どうか、何事も起こらないでいてくれ）

何より心配だったのは別荘に残してきた多恵のことだ。できる限りの結界を施してきたとはいえ、あそこは海のすぐ近くにある。

(早く……早く……)

助手席で祈ることしかできない自分がもどかしくてたまらない。不安はどんどん大きくなる。一刻も早く、別荘にたどり着きたくてならなかった。

多恵と大悟、三郎の身体に入った勘吉の三人でようやく別荘へと戻ってきた。

浜からあがる階段を上り、ようやく見慣れた別荘の裏庭までたどり着く。離れていたのはほんの二、三時間のはずなのに、なぜか懐かしく感じて多恵は安堵《あんど》で胸を撫《な》でおろす。

そこではじめて、いままで緊張で気が張っていたことを自覚した。

きっとキヨやお常さんも心配していることだろう。無事に戻ってきたことを早く知らせたくて自然と足が速くなる。

そのとき、一番後ろを歩いていた勘吉が突然声を発した。

『キタ　モウ　マニアワナイ』

多恵が声に驚いて振り向くと、勘吉は足を止めて海へと視線を向けていた。その瞳《ひとみ》は険しく鋭い。次の瞬間、勘吉が足から崩れるようにして地面に倒れそうになる。咄嗟《とっさ》に大悟が動いて、彼の身体を支えた。

「どないしてん！」

「大丈夫ですか⁉」

多恵も心配になり彼らの傍に駆け寄る。三郎は呆然《ぼうぜん》として空を見つめていた。その額にぽつりと大粒の雨粒がおちる。いつの間にか空にかかった雲から雨がぽつぽつと降ってきていた。しかし、空には丸い月も浮かんでいる。お天気雨のことを狐の嫁入りと言うが、それの夜版のような不気味な天気だった。

三郎はクシャッと顔を歪《ゆが》めると多恵に訴えてくる。

「奥様、早《は》よぉ逃げてください！　アレがくる！　海から来てしまう！」

声からして勘吉が入っていたときと違うのはすぐに察せられた。

「お前、三郎やな。勘吉が抜けたんか。じゃあ、勘吉はどこ行ったんや」

大悟が問うと、三郎は身体を起こして浜の方を指さした。

「あっちに行きました。アレを止めるって。俺たちが止めてる間に少しでも安全なところに避難しろて。俺らは七人御先やから心配すんな、って最後に言うて」

雨脚はすぐに強くなったが、三郎の双眸《そうぼう》からもぽろぽろと涙が落ちて頬を濡《ぬ》らした。

大悟は三郎の腕を引いて立たせようとする。

「アレって何やねん。とりあえず、雨降ってきたから屋敷の中に入ろうや。話はそれからや」

三郎もよろけながら立ち上がろうとしていると、別荘の表の方から男性の声が聞こえた。

「アレとは『悪樓』のことか？」

いまここにいるはずのない人の声に、多恵は弾《はじ》かれたように視線を向けた。

「聖さん⁉」

声のした方に行燈《あんどん》の灯りを向けると、聖がこちらに走ってくるところだった。彼の姿に多恵はぱっと顔を輝かせたが、いまはそんなときじゃないと思い直して表情を引き締める。そんな多恵に、聖は優しく微笑みかけるものの、よく見ると肩で息をしており呼吸も弾んでいた。

「おう、今帰ったんか。あれ？　ほかの連中は？」

大悟が怪訝《けげん》そうに尋ねる。たしかに聖たちは郵便車ででかけたはずなのに、他の人たちの姿が見えない。

聖は、ふぅと肩で一つ大きく息をついて、濡れた前髪をぬぐった。

「途中で車が動かなくなったから、俺だけ走って帰ってきたんだ。庄治も一緒に走ってたんだが俺のほうが速かったからな。そのうち戻ってくるだろう」

「あいつ、体力ないからへたばってるんやろなぁ。そや、あくる、ていうてたっけ。なんやそれ」

「とりあえず、雨が強くなってきたから屋敷の中に入ろう」

聖の提案はもっともだったので、すぐに別荘の中へと戻ることにした。表玄関を入ると、キヨとお常さんが手ぬぐいなどの拭《ふ》くものを持ってきてくれる。三郎も、いまはおどおどした様子もなく多恵たちについてきていた。

表玄関で身体を拭きながら、聖は隣町の古寺でみつけた文献に書かれていた『悪樓』のことを話してくれた。大悟と多恵は、勘吉に連れられて行った海辺の洞窟《どうくつ》の壁にあった書きつけのことを聖に話す。

お互いのもっている情報が何ら矛盾することなくピタリと当てはまったことに驚いた。百年以上前に『悪樓』と呼ばれる厄災がこの近辺を襲い、多数の犠牲者が出た。しかし七人の若者が自らの命を犠牲にして立ち向かったことで、生き延びた人たちもいた。残った人たちは彼らの死を悼み、守り神として祀《まつ》った。それが、『七人御先』と呼ばれるものだ。だが、月日を経たことにより過去は忘れられ伝承は変化し、『七人みさき』の怪異へとなり果ててしまった。

だが、いままたこの海辺に『悪樓』が襲ってこようとしている。

「もし悪樓が俺の予想しているとおりのものだったとしたら、相当厄介なものだ。接触するだけで死を招きかねない。できるなら、いますぐここからできるだけ遠くへ逃げてほしいが」

表情を曇らせて言葉を濁らせる聖のあとを、大悟が続けた。

「馬もだめ。車も壊れたとなると、走って逃げるよりほかないいな。まだ日の出にも時間があるし、雨が降ってるから手持ち行燈やちょうちんもあかん。真っ暗な山道なんてオレらみたいな軍人ならともかく、多恵ちゃんとか女中さんとか無理やで。最悪、多恵ちゃん一人ならオレが背負って逃げるっちゅう手もありやけど」

聖と大悟の視線が多恵に向けられる。多恵は、ゆるゆると首を横に振った。

それならキヨやお常さんはどうなるのだろう。他の女中さんや、村の人たちは？　聖だって、彼らをおいて逃げるなんてできないからここに残るのだろう。

自分一人だけ逃げ出すなんてそんな恐ろしいことは考えられなかった。

聖は多恵だけでも逃げてほしそうにこちらをじっと見ていたが、多恵がそんなことができる性格ではないとわかっていたのだろう。それ以上無理強いすることはなかった。

そこにようやく走って戻ってきた庄治と、吉村たちも到着する。雨でずぶ濡れだ。

聖はみなを見て、覚悟したように静かに告げた。

「わかった。それなら、大悟と庄治はこの屋敷にできる限り村人たちを集めてくれ。多恵には残りの霊符を渡すから、全員が集まったら内側から扉の境目、窓の境目に霊符をありったけ貼ってくれ。結界はまだしばらくもってくれるはずだ。大悟と庄治はそのままここに待機。万が一のときは命に代えてでもみなを守れ」

「ひ、聖さんはっ？」

テキパキと指示を出す聖の袖《そで》を多恵は思わず摑《つか》んだ。心配が声に滲《にじ》む。

聖は優しげに目元を緩め、多恵の頭を愛しそうに撫でた。

「人を襲う怪異を討つのが鷹乃宮の役目だ。ここに怪異が及ばないよう、海岸に行ってくる」

どんな恐ろしい怪異が襲ってくるのかわからない。血切丸で太刀打ちできるものなのかすらわからない。いま海岸に行くのは非常に危険だ。危険すぎる。

どうかここにこのまま残ってほしいと彼に頼みたかった。でも、決意を湛《たた》えた彼の瞳を見たら何も言えなくなって、多恵は言葉を呑《の》み込んだ。

代わりに笑顔で彼を見送ろうと心を決める。精いっぱい笑みを浮かべたつもりだったが、上手《うま》くできたかわからない。

「御武運を、お祈りしております」

声が震えていた。そんな多恵を聖は穏やかに見つめると、ふわりと一度抱きしめる。

「ありがとう。必ず帰ってくるから。みなのことを、頼んだよ」

「はい。心してます。だから……きっと戻ってきてくださいね」

「ああ、約束する」

短く言葉を交わす。名残惜しかったが、それ以上はもう時間がなかった。

聖はすぐさま二階の自室に置いてあった血切丸を取りに行くと、そのまま傘もささずに雨の中、屋敷を出て行った。大悟と庄治、それに吉村、川田、中野の五人で手分けして村人たちをこの別荘に呼びに行くことにした。

三郎はというと、

「お、お、俺、漁師連中に話してくる。事情を知れば加勢してくれるやつもおるはずやから。勘吉が浜辺に行ってんのに、俺だけこんなとこにおるわけにはいかへんやん」

と、彼もまた雨の中を駆けだしていった。そこにはもう、おどおどとした様子は微塵《みじん》も感じられなかった。勘吉に乗り移られ、勘吉の想いを知ったことで彼の中で何かが変わったのかもしれない。

それからすぐに、別荘へぞくぞくと村人たちが集まってきた。戻ってきた吉村に確認してもらうと、腕っぷし自慢の漁師たちや若者が何人かいないという。三郎も戻ってきてはいなかった。

彼らは村を守るために浜辺へ行ったのだろう。

多恵は大悟や庄治と協力して、聖の言いつけどおり表玄関の境目や窓の境目などに霊符をすべて貼り付けた。雨戸もすべて閉めているので外の様子は窺《うかが》い知れない。屋根に当たる雨音がするのみで、外からは何の音も聞こえない。

二階の和室には女中たちに頼んでありったけの布団を敷いてもらった。そこに、子どもたちや母親、ご老人などを案内する。

まだ夜明け前の時間なのだ。無理やりたたき起こされて連れてこられた子どもたちは、はじめは大人たちの異様な雰囲気に不安がって泣く子もいたが、ひとりふたりと眠りに落ちてすぐに寝静まった。

それ以外の大人たちは一階の座敷に集まっていた。

出稼ぎに行って村にいない者を除けば百人にも満たない小さな村だ。それでも、一つの屋敷に集まればそれなりの熱気になる。しかし、誰もほとんど言葉を発さない。不平や疑問を呈する者もいなかった。

みな心のどこかに不穏なものを感じているのだろうか。

多恵は大悟や庄治とともに座敷の隅に座り込む。

言葉にできないが、底知れぬ恐ろしさが胸に迫ってくるのを感じ取っていた。

雨戸を閉め切ったいま、室内から海の様子はわからないが、聖が去ったころからなぜか海の方角が酷《ひど》く恐ろしい。理由はわからないのに、迫りくる圧のような恐怖を覚えるのだ。

「ワシら、どうなるんやろか……」

ぽつりと誰かが呟《つぶや》いた声が、静けさの中にやけに大きく聞こえた。

それを皮切りに、ざわざわがやがやと不安げに囁《ささや》く声があちこちからわき起こる。

心に募ってくる不安が増しに増してはち切れんばかりで、いまにもあふれ出そうになっているようだ。

(聖さん、大丈夫かな。ううん、大丈夫。きっと大丈夫なはず)

何度も繰り返し唱えたけれど、多恵の胸中のざわつきも全然落ち着かない。心配でたまらなくていまにも叫びだしてしまいそうだ。じっと黙って座っているのが辛《つら》い。

（不安なときは、忙しく仕事をしてればいいって母さんは言ってたけど）

今できる仕事なんて、と考えに耽《ふけ》っていたら、隣からきゅるるる～というくぐもった音が聞こえた。なんだろう？　と音がした方を見ると、庄治がお腹を押さえながら顔を真っ赤にして俯《うつむ》いている。

「すみません。昨晩、おにぎりを食べただけだったもので……」

消え入りそうに弁明するのを聞いて、多恵は思い立つ。

「そうだ！」

「なんやなんや、どないしてん。多恵ちゃん」

大悟も突然声を上げた多恵に驚いた様子だ。村人たちの視線もこちらに集まっている。

「あの、朝ごはん作ろうと思うんです。お腹がふくれれば少しは気持ちも落ち着くでしょうから」

「お、それはええな。オレ、晩飯ぎょうさん食べたのにいっぱい走ったから、もう腹ぺこぺこや」

大悟が賛同するのにあわせて、庄治もこくこくと頷《うなず》く。二人がのってくれたのが嬉《うれ》しかった。そうと決まれば、さっそく支度にとりかかるために立ち上がり、厨房《ちゅうぼう》へ向かおうとしたところで目の前に厨房長の嘉川が立ちふさがる。

「奥様。そういうことは、私らがやりますんで、奥様は休んでてください」

「ううん、嘉川さん。やらせてください。私、こう見えても沢山の食事を作るのは得意なんですよ」

言ってから、そんな侯爵夫人なんてどこにいるんだろうと自分で疑問に思う。定食屋で働いていたなんて前歴を言えるはずもないのだが、嘉川は疑問に思っている様子もない。鷹乃宮家に嫁いでからというもの、夜な夜な多恵の夜食づくりに付き合ってくれ、多恵の知らない懐石や洋食の作り方まで教えてくれた嘉川のことだから、多恵が華族の出でないことくらいとっくにわかっているのだろう。

「奥様に、そういわれちゃ否とはいえねぇな。手伝わせてはもらいますぜ」

「うん。ありがとうございますっ」

彼の手助けは素直にありがたい。

「オレも手伝うで。運んだりとか力仕事はまかせろや」

「僕も何かできることがあれば言ってください」

大悟と庄治も手伝いを申し出てくれる。みんなの心遣いが嬉しかった。

厨房へ向かうと、板間の奥にある引き戸を開けた。そこは倉庫になっており、手前に食材、奥の方に普段は使わない鍋《なべ》などが仕舞われている。

そこから大悟と庄治に大鍋やお椀《わん》などをあるだけ出してきてもらう。嘉川が言うには、この別荘を建てた先々代の当主、つまり聖の祖父は別荘に遠くから人を呼んで宴会を開くこともしばしばだったそうで、大人数に料理を振舞えるだけの調理器具や設備、食器類が整っていた。

食材は、買い置きしてある米に野菜、昨日の朝に村人たちが持ってきてくれた海老《えび》やあわびなどがまだ沢山残っているし、以前にもらった魚やイカを一夜干しにしたものもあった。

食材の在庫を確かめながら、頭の中では何を作ろうかおおむね決まった。春先とはいえ、夜明け前は冷え込んでくる。ほっと気を安らげるには何か温まる食べ物がいい。大悟と庄治にはお椀を全部布巾《ふきん》で拭《ふ》いてもらうことにした。村人全員に行きわたるには足りないが、交代で使えば問題ないだろう。嘉川には料理を手伝ってもらう。

厨房に竈《かまど》は三つ。そこに水瓶《みずがめ》から水を注いだ大鍋を置いて、三つ一度に調理する。

嘉川が落としてあった竈の火を熾《お》こして大きくしている間に、多恵は米を洗い、食材を切って鍋に入れ蓋《ふた》をした。

お椀を拭き終わった大悟と庄治には、七輪に竈から火を移して、一夜干しした干物とイカを焼いてもらうことにする。

厨房の窓を開けることができず閉め切った中で調理をしているので、次第に熱気と煙が充満してきた。煙に咽《むせ》そうになっていると、お常さんとキヨが何やら大きなものを二人で抱えてやってきた。

「奥様！　これをお使いくださいまし」

お常さんが厨房の入り口にドンと置いたのは、手動式扇風機だった。四枚の大きな団扇《うちわ》が羽根になっており、後ろに手回し用の取っ手《ハンドル》がついている。

キヨが腕まくりして、

「行きますよ！」

と取っ手をくるくる回すと、四枚の大きな団扇の羽根も回りだす。

「げほっげほっげほ。これ、私たちのところに煙きますね。目がつんつんします」

「当然じゃありませんか。ほら、もっとどんどん回しますわよ」

お常さんも加勢して二人で取っ手を回せば、さらに羽根の勢いは強くなった。おかげで、厨房の煙と熱気はどんどん廊下へと吸い出されていく。厨房の代わりに廊下が煙たくなってしまったが、とてもありがたかった。

焼きあがった一夜干しは身をほぐして鍋へと投入した。そうしてしばらく煮込むと、良い香りが漂いだす。米が煮えて、塩と味噌《みそ》で味を調整すれば海鮮粥《がゆ》のできあがりだ。

すぐにお盆にお椀を並べて、海鮮粥を盛り付けていく。

村人たちがいる座敷へ持っていくと、すぐに皆が集まってきた。

しかしお互い目配せしあって、なかなかお椀を手にとってはくれない。

そこで多恵がそばにいた少年にお椀を差し出してみる。彼はお椀を受け取り、おそるおそる海鮮粥を一口箸《はし》で口に運んだ。しかし警戒していたのは最初だけで、たてつづけに二口三口入れるうちに強張《こわば》っていた表情がやわらかくなり、ほっこりと頬を緩めた。

それを見た村人たちは、老人も壮年の男性も、若い女性も次々とお椀を手に取り、粥を夢中で食べ始める。

「ああ、うめぇ。こんなうめぇ飯、食ったの初めてだ」

「なんだろ、あんなにおっかなかったのに、これ食べたら急に元気がでてきた」

なんて口々に感想を伝えてくれる。

作ったものを食べて喜んでくれる姿を見るのは嬉しいものだ。かつて亡くなった母と一緒に定食屋をやっていた頃の記憶と今の情景が重なり、じんと目頭が熱くなる。

「いま、どんどん持ってきますから。他の方たちも待っていてくださいね」

目じりに滲《にじ》んだものを指でそっとぬぐって、多恵はすぐさま厨房にとってかえす。その後も庄治やキヨたちと手分けして、海鮮粥のお椀をどんどん配っていった。


聖は抜身の血切丸を手に浜へとやってきた。風はなく完全な凪《なぎ》だ。雨はひどくふりしきっているのに、なぜか月が出ておりあたりは仄《ほの》かに明るい。

奇妙な夜だった。

夜空は墨を流したように黒く、海はさらに黒さを増す。まるですべてのものを吸い込もうとするかのような漆黒が横たわっていた。

浜と波打ち際の境目は、寄せては返す波が泡立つのがわずかな月明かりに照らされて辛うじてわかる程度だ。

浜には先客がいた。

（三つ、四つ……六人いるな）

波打ち際より海側に、六つの人影が沖を向いて立っている。

（こいつらが多恵が見かけたっていう）

七人御先、なのだろう。

揺らぐこともなく、海の上に立つ影。人の形をしているが間違いなく人ではない。

かといって邪悪な瘴気《しょうき》も感じない。むしろ感じるのは、場を浄化するような清浄さ。

この場で相対してみてはっきりした。彼らは妖《あやかし》といった類《たぐい》のものではない。霊や仏というのともすでに違う。存在が神になりかけている。

聖が浜に近づいたのに気づいたのだろう、一人がこちらにちらりと顔だけ振り向いてニッと笑ったように見えた。がっしりとした体格の、髪を短く刈り込んだ若者だ。すぐに海に顔を戻すが、それだけでわかった。

（あいつが勘吉だな）

多恵から、聖たちが隣町に行っている間に結界をすり抜けて別荘の中に入り込み、三郎に乗り移ったと聞いた。神に近い存在ならば、邪悪なものを弾《はじ》く結界を壊すこともなく入り込んできたのも無理はないと今ならわかる。

多恵や三郎が感じていた怪異も、こいつらの警告だったのだろう。

だからこそ、邪気や瘴気には敏感な聖が今度ばかりは気づけなかった。

（それを見逃した。完全に俺の失態だ）

ギリと奥歯を噛《か》みしめた。血切丸を握る手に力が入る。

ときに神のような高次元からの助言や天啓は、わかりにくい。だがそれにしても振り返ってみれば、いくらでも気づく機会はあったはずだ。それなのに、ここまで引き延ばしてしまった。

（多恵も、みなも避難させられなかった）

それが何より後悔を深くするが、すでにそんなことを言っている場合ではなかった。

右手に持った血切丸が小刻みに震えだす。

リィィィィィィィィィィィィ
震えるだけにとどまらず、甲高い金属音をあげて鳴り始めた。こんなことははじめてだ。大いなる厄災が迫りくるのを感じた血切丸が、血に飢えた歓喜の声をあげているように聖には思えた。

金属音がピタリと止む。

それと同時に、七人御先の前方、五間《約九メートル》ほど先に何か小さなものが浮いているのが見えた。

いつからそこにあったのかわからない。しかし、よく目を凝らせば浮いているのでないことはすぐにわかった。

水面《みなも》から顔半分が出ていて、血走ったぎょろりとした目でこちらを見ていたのだ。この暗さでそんな小さなものが見えたのは、ソレが朧《おぼろ》に青白い光をたたえていたからだ。

ソレはすぐに、ぱしゃっと水の中に消えた。

数秒後、青白く光る小山ほどもあろうかという巨大魚が水上に跳びあがりこちらに襲いかかってきた。海水でできているのか、海と同じ色をしている。

咄嗟《とっさ》に七人御先たちが両手を巨大魚につき出すと、空中に大きな透明の壁でも現れたかのように巨大魚は跳ね返された。

だがその際、巨大魚のおびれが千切れて別の魚の形をとり、七人御先を飛び越えて聖へと襲い掛かってきた。

「くっ……！」

咄嗟に血切丸を構える。巨大魚の一部とはいえ鯨ほどの大きさのものが襲ってくるが、切った感触は海水そのもの。大量の海水が聖を見舞う。息ができなくなるほどの海水に押し流されそうになりながらも、どうにか血切丸を構え続けた。

（いや、これは、単なる海水じゃない!!）

海水の中、おびただしい数の腕が見えた。腐乱してぶくぶくに膨らんだ真っ白い腕が聖を摑《つか》もうと迫ってくるが、斜めに構えた血切丸に斬られて鉄味のある黒い液を流した。

（血……⁉）

血切丸はまるで大量の血に喜んでいるかのように小刻みに震え続けている。

ソレは血切丸に斬られて真っ二つになりながらも、浜辺に叩《たた》きつけられれば水に戻り海と混ざる。

ようやく空気を肺に入れられるようになって肩で荒く呼吸を繰り返しながら、聖は海面を睨《にら》みつけた。青白く光る水が沖へと戻っていく。

今の一瞬の邂逅《かいこう》で理解した。あれは、海で死んだ無数の亡者の塊だ。溺《おぼ》れて命を失ったあとも腐乱して魚に食われた無念な死者たちの魂が集まり、新たな死者を呼び寄せる怨霊《おんりょう》となって、悪神と呼ばれるほどになった厄災だ。あれこそが、百年以上前にこの地に大被害をもたらした『悪樓』であることは間違いない。おそらく、特四の事件簿にあった数年前の漁村壊滅事件も同じ『悪樓』の仕業だったのだろう。

(百年前の厄災が復活して漁村を襲っているのか。これも、近年の瘴気の増加や魑魅《ちみ》魍魎《もうりょう》どもの凶暴化と関係があるのかもしれないな)

考えてみれば、海には陸地から雨や川を通じて様々なものが流れ込む。そうやって海に流れ込んだ瘴気が、濃縮されて海流に乗り漂ううちに亡霊たちを取り込んでいたとしても不思議ではない。

七人御先たちは沖を睨み据えたまま、自らの左腕を掴んだ。それを強く引き抜くと、左腕が長く巨大な銛《もり》へと姿を変える。

再び沖から巨大魚の姿をした悪樓がものすごい速さでこちらに泳いでくる。

七人御先たちは銛を構えると、悪樓が再び跳びあがったところで一斉に投げつけた。

悪樓は耳を塞《ふさ》ぎたくなるほどの大音量で悲鳴をあげ、身をよじり、そのまま水面に身を叩きつける。身体をくねらせて激しく抵抗するが、銛が上から縫い留めているかのように悪樓を水面に押さえつけていた。

しだいに悪樓は動きを止める。

（終わった、のか？　いや、それにしては、なんだ、この邪悪な気配は）

なぜだろう。悪樓から感じる禍々《まがまが》しい気配は消えるどころか増しているように感じられた。

そこに、浜辺を誰かが「おーい」と声をあげながら、こちらに向かって走ってくるのが見えた。

古びた着物に股引《ももひき》姿の漁師とおぼしき青年だ。手には鎌をもち、頭にはねじり鉢巻きをしている。

「どうした？」

聖は雨と海水に濡《ぬ》れた前髪から水滴を絞るようにしてかきあげると、青年に尋ねる。

「少しでも手助けさせてください。あとからも何人か来ると思います。俺たちの村やねんから、俺たちにも守らせてください」

青年は息を弾ませながら、せつせつと訴えた。

加勢はありがたい。人智を超えた怪異が相手では、自分一人にできることなんて限られている。

だが、聖は警戒を解かず、小声で真言を唱える。左手でこっそり印を切った。ふわりと桜の花びらの幻影が舞い起こり、青年の周りに花びらが纏《まと》わりつく。

すぐさま聖は血切丸の柄《つか》を持ち直すと、青年に向けて容赦なく斬りつけた。

青年も俊敏な動作で後ろに飛んで血切丸を避《よ》けた。人間にはあるまじき跳躍力だ。

青年が、にやりと下卑た笑みを浮かべる。

「なんや、もう気づいてしもたんですか。不意打ちできると思うたんに、残念や」

こいつは村人ではない。人の姿をした別の何かだ。幻影の花びらは邪気や瘴気に反応して纏わりつく性質を与えてある。一介の村人がこれほど濃く瘴気を発しているはずがないのだ。聖は青年を睨みながら、短く尋ねた。

「お前も悪樓の一部か」

青年の姿をしたものは聖の問いへの答え代わりに、スッと表情をなくし能面のような顔になると、天を仰いで奇声をあげた。

キィヤァアアアアアア
悲鳴にも超音波にも似た不快な高音を発する。

すると、七人御先たちが仕留めたように見えた悪樓が声に呼応するようにぶくぶくと膨れ上がり、限界まで膨らんだところでボロボロと崩れ出す。

悪樓の肉片のようなものがぼとぼとと海面に落ち、その一つ一つがもぞもぞと蠢《うごめ》きながら浜辺へと向かってくる。浜に近づくにつれ肉片は人の形をとりはじめた。腐乱し、いまにも崩れ落ちそうなおぞましい亡者の姿となって、浜辺に押し寄せてくる。

その数は、もはや数えるのが困難なほどだった。百はくだらないだろう。

うめき声が地鳴りのようになって、次々に浜辺へとあがってくる。

亡者どもは、七人御先が銛で攻撃すればほどなく崩れ落ちて海水に還《かえ》るが、なにせ数が多すぎる。

そこに、浜の物陰から数人の男たちが飛び出してきて銛や鍬《くわ》、鎌を片手に亡者たちに立ち向かっていった。村の漁師たちだ。その中には、三郎の姿もあった。

しかしそれでも亡者の数は圧倒的だ。

討ちこぼされた亡者どもが、村人たちが避難している別荘へと一直線に向かっていくのが視界の端に映っていた。

聖もすぐにでも加勢したかったが、青年の姿をしていたものがむくむくと伸びあがり捻《ね》じれて人とは思えない禍々しい姿に変わっていく。

十尺《約三メートル》ほどある、細長い体軀《たいく》にてんでばらばらに手足や髪の毛が生えたおぞましい姿。

例えるなら、人間を何人も泥団子のようにくっつけて、ぼろ雑巾《ぞうきん》のように絞ったものとでも言おうか。その手には、錆《さ》びた刀や銛を持っている。聖は、後ろに飛んで間合いを取った。

「お前が悪樓の核だな」

悪樓の上部にある皺《しわ》の一部が引きつる。それが、不敵に嗤《わら》ったように見えた。

（こいつはなんとしてもここで仕留めるしかない。たとえ相打ちになったとしても）

て投げた。

聖はズボンのポケットから数枚の霊符を取り出すと、真言を唱えながら悪褸に向かっ
霊符は一枚一枚が大きな鷹《たか》に姿を変えて悪褸に向かっていく。武器を持つ悪褸の腕を鷹は太い前脚で押さえ込んだ。そこに間髪容《い》れず、聖は血切丸で斬り込む。

（いや、相打ちなんかが許される状況じゃない。七人御先と三郎たちでも追いつかない。早く、亡者どもを止めなければ、このままじゃ！）

多恵の笑顔が脳裏に浮かぶ。焦りのあまり正気を失いそうなほどの激しい怒りを覚え、血切丸でひたすらに斬りつける。血切丸は歓喜に震えるように、リィィィィと鳴いていた。

そのころ、別荘では多恵が海鮮粥《がゆ》の配膳《はいぜん》にてんてこまいだった。

避難している村人に満遍なく行きわたるほどお椀《わん》の数はないため、食べ終わったら洗って布巾《ふきん》で拭《ふ》き、粥を入れて配膳するのを繰り返す。

大悟や庄治、キヨにお常さん、女中や下男も総出で配膳や洗い物を手伝ってくれた。

その間に多恵と嘉川で、空になった鍋《なべ》に新たな米や食材を入れて海鮮粥を作り続けた。

ずっと働きどおしだったので、ようやく一通り行きわたったのを確認したらどっと疲

れが出て多恵は厨房《ちゅうぼう》の板間にある框《かまち》に座り込んでしまった。

でも、食事をとったおかげだろう。張りつめていた村人たちの緊張もだいぶ解けたように思えた。

「ようやく一通り配り終わったみたいやな」

大悟がやれやれと肩をもみながら多恵の隣に腰かける。

「そうですね。私たちも一休みしましょうか」

庄治もちょうど厨房にやってきたので、三人で海鮮粥を食べることにした。粥はちょっと冷めかけていたけれど、疲れた身体に優しい味が染みわたる。

「くぅ、やっぱ多恵ちゃんの飯はいつ食べても旨いわぁ」

大悟が感に入った様子でしみじみとする。多恵はくすりと笑みを零《こぼ》すと、管狐たちのために浅めの皿へ海鮮粥を入れて庄治の隣においてやった。

「ありがとうございます」

庄治は律義に頭を下げる。肩にかけていた雑嚢《ざつのう》をぽんぽんと叩くと、中からイタチのような姿の管狐たちが次々に出てきて皿に集まり食べ始めた。顔のまわりがべちゃべちゃになっているが、一生懸命食べるのが愛らしくてつい見とれてしまう。

「お替わりもろてもええやろか」

「あ、はい。ちょっと作り過ぎちゃってまだ余りが沢山あるから、どうぞ」

大悟から空になったお椀を受け取り、お替わりを注いで渡す。多恵も再び框に腰かけて自分のお椀に残った粥を食べようとしたときのことだった。

「……なんで、勝手口が開いてるんですか？」

庄治が強張《こわば》った声で言うのが聞こえた。それまで無心に海鮮粥を食べていた管狐たちも、『ジジジジ！』と身体の毛を逆立てて警戒の姿勢をとる。

「え？」

一瞬言われたことの意味が分からず勝手口に目をやると、なぜか引き戸の部分が一面真っ黒く染まっていた。

いや、違う。引き戸が知らぬ間に開いていたのだ。ついさっきまではたしかに閉まっていたはず。それにここの引き戸にも聖の霊符を貼った記憶があるのに、なぜ？　と疑問に思っていると、

「そうか。大鍋《おおなべ》の蒸気でいつのまにか霊符の糊《のり》がふやけて剥《は》がれてしまったんですね」
・庄治が冷静に分析してくれた。竈《かまど》を三つすべて使ってずっと粥を炊いていたから、そんなこともあるのかもしれない。はやく引き戸を閉めなければ。
焦って駆け寄ろうと数歩前へでたところで、大悟の鋭い声が飛んでくる。

「近寄ったらあかん！」

多恵は勝手口の手前で声に驚いて足を止めた。

すぐに大悟が叫んだ理由がわかる。目の前に、ぽっかりと口を開ける勝手口。

その向こうはまだ夜の闇に包まれている。

しかし、そこに足が見えたのだ。何も履いていない裸足《はだし》だ。厨房からの灯りに照らされて足だけが浮かび上がる。それもひとつではなかった。いくつもの足が勝手口の外、ほんの三尺《約九〇センチ》ほど向こうにこちらを窺《うかが》うように立っていた。

どの足も酷《ひど》く汚れ、白く血の気がない。そのうえ、普通の人の足より膨らんで見えた。指の一部やかかとに骨が露出しているものもある。いつの間にか、勝手口の外に濃い瘴《しょう》気《き》が漂いはじめていた。

生者の足であるはずがない。亡者が屋敷の外を囲んでいるのだ。

恐怖のあまり固まって動けなくなった多恵の手を、大悟が摑《つか》んで素早く引き戻した。代わりに大悟は勝手口の外へ手に持っていた椀を投げつける。亡者たちが怯《ひる》んだ隙に戸を閉めようと考えたのだろう。椀は外に転がり出て、中の粥が地面に撒《ま》き散らされた。

しかし、亡者たちは動かない。

数秒の静寂のあと、わっといくつもの手が伸びてきた。人相もわからないほど腐敗した亡者が数人、散らばった粥に飛びついて我先にと手でつかみ口に入れていく。

ぞっとする光景に、多恵は言葉をなくす。大悟と庄治は軍刀を抜いて警戒していた。

管狐たちもみな毛を逆立てて威嚇する。

緊張が走る。いまにも亡者たちが勝手口になだれ込んでくるかに見えたが、そのとき多恵の耳は小さな呟《つぶや》きを聞き逃さなかった。

……ウメェ……

たしかに、そう聞こえたのだ。わさわさと飛び散った海鮮粥に群がる亡者たちからいま、そんな呟きが聞こえた。

（え、おいしいって言ってくれるの？）

こんなときだというのに、多恵の耳は食べ物の感想に鋭く反応する。

亡者たちは一粒たりとも残さんというかのように奪い合って我先にと口に入れていた。

（そんなに、お腹空《す》いているんですね……）

そう思ったらもう、辛抱できなかった。多恵は亡者たちに声を向ける。

「あ、あの！　ご飯だったらまだあるから！　そっちによそって渡すから、おとなしくしててもらえますか！」

多恵が急に亡者に語り掛けたものだから、大悟と庄治もぎょっとした表情を浮かべた。

「だ、だめですよっ。話しかけたりしちゃぁ」

小声で庄治が訴えてくるが、多恵はじっと亡者たちの行動を見守った。

亡者たちは多恵の声に驚いたかのように動きを止めている。

咄嗟《とっさ》につい亡者たちに話しかけてしまった多恵だったが、そのせいで厨房の中に食べ物がまだあると気づかれて亡者たちがなだれ込んできてしまう可能性に思い当たり、まずいことをしてしまったかもと内心焦った。

しかし、意外なことがおこる。

一人の亡者が空になったお椀を手に取ると、勝手口の敷居の上に置いたのだ。

それは、「まだ食べたい」という意思表示のように思えた。

多恵がお椀に近づこうとすると、

「ちょ、ちょっとまちっ！　多恵ちゃんは危ないからあっち行ったらあかんて」

大悟に制止された。代わりに彼が警戒心に神経を研ぎ澄ませながらも勝手口に置かれたお椀を素早く取ってきてくれる。それを洗って新たな粥をよそった。

厨房の板間に重ねておいてあったお椀ももってきて次々に粥を入れていく。庄治が箸《はし》を載せ、大悟がおっかなびっくり勝手口の敷居に運んだ。

敷居に三つお椀が並ぶ。

亡者たちはまだ警戒した様子だったが、一人がお椀を手に取った。

亡者は箸で粥を一口、二口と口に入れる。

……アッタケェ、アジダ……

そんな喜びの声が聞こえた気がした。

いつしかその亡者の周りに漂っていた黒い瘴気が見えなくなり、亡者自身の身体も存在が希薄になって、ついには完全に消えてしまう。手に持っていたお椀は亡者が消える前に隣にいた別の亡者が受け取り、また数口食べると身体の色が薄くなって消えてしまった。

他のお椀も亡者たちが手に取り、食べては同じように消えていく。

空のお椀は敷居に戻されるので、それを大悟が回収してきて庄治に渡す。庄治が洗って多恵がお椀に海鮮粥《がゆ》をよそい大悟が再び敷居に置く。

というのを繰り返すうちに、一人二人と亡者の姿が消えていった。

「すげぇなぁ。多恵ちゃんの料理はやっぱ魔を祓《はら》うんやな」

大悟が感嘆の声を上げて唸《うな》る。

「そう、なんですかね……。でも、とにかく喜んでもらえるならそれにこしたことはありませんから。どんどんよそっちゃいますね！」

そうして大鍋《おおなべ》の海鮮粥がすべてきれいにはけてしまったころ、勝手口の外の景色が白みはじめ、気がつけば亡者の姿はどこにもなくなっていた。夜半から降り出した雨もすっかり止んでいた。

念のために大悟と庄治が勝手口から外に出て、屋敷の周りを確認してくれる。

戻ってきた大悟が不思議そうに報告してくれた。

「もう一人の亡者の影もないわ。全部、きっちり成仏してもうたみたいやで」

（終わったぁ……）

どっと疲れが全身を襲い、多恵は框《かまち》に座り込んだ。

長く辛《つら》い夜が終わったのだ。どうにか別荘に避難してきた村人たちを一人も犠牲にすることなく朝を迎えることができたと、心底胸を撫《な》でおろす。そこに、

「あ、聖さん！　お疲れ様です！」

庄治の声が聞こえた。

（聖さん！）

一人浜辺に向かった聖のことがずっと心配でならなかったけれど、気にすればするほど心が重くなってしまうから、あくせく働くことで気を紛らせていた。

でも、本当はやっぱり心配で仕方なかったのだ。

あれだけ疲れ果てていたのに、多恵は弾《はじ》かれたように立ち上がると勝手口の外に飛び出した。

裏庭に大悟や庄治と話す聖の姿があった。全身濡《ぬ》れてとても疲れているように見えたが、怪我をしている様子もない。

「聖さ……」

無事な彼と再会できた喜びで彼の名を呼ぼうとしたが、それより早く彼に抱きしめられた。

「聖さん？」

彼の濡れた前髪がすぐそばにあった。

「無事でよかった」

切羽詰まった声。まるで存在を確かめるかのように、ぎゅっと強く抱きしめられる。

その力の強さに、聖もまた多恵のことを心配してくれていたのだと実感する。

多恵は小さく笑むと、彼の背中に手を回した。

「聖さんも、御無事でよかった」

お互いの無事を確認しあい、微笑みを交わす。ようやく、本当に心から安堵《あんど》することができた。

そこに大悟が興奮した様子でこれまでのことを報告した。

「すごかったんやで。多恵ちゃんがつくった海鮮粥食べたら、亡者どもから瘴気が抜けてどんどん成仏していったんや。多恵ちゃんおらんかったら、ほんまオレらどうなってたかわからんで」

聖は神妙に頷《うなず》きながら、腰に下げた血切丸の鞘《さや》にそっと触れる。

「ああ。亡者どもがこっちに向かっていくのを見たときは生きた心地がしなかった」

「悪樓はどうだったんですか?」

庄治に問われ、聖は疲れた様子で小さく息をついた。

「なんとか血切丸で仕留めることはできた。ずいぶんしぶとくて、ここに駆け付けるのに時間がかかってしまったがな。三郎をはじめ、村の若者たちの加勢もあったおかげでなんとかなった」

「あ、そうだ！　聖さんの分も海鮮粥とってあるんですよ！　聖さんも、昨晩から何も召し上がってないんじゃないですか?」

多恵に問われて、聖もようやく自分の空腹に気づいたというような顔になる。

「ああ。そうだな。いま、すごく多恵の手料理が食べたくなった」

にっこりと多恵は笑顔を返す。

「いま、温め直します！　ゆっくり休んでてくださいね」

「外で食べるのもいいかもな。庭の桜がちょうど満開だ」

聖に言われて見上げると、たしかに庭を縁どるように植えられている桜の枝には白桃色の花が見ごろを迎えていた。

ここのところ恐ろしいことばかりが続いて、上を見る余裕すらなくなっていたことにようやく思い至る。

「そういえば、隣町の住職さんが持たせてくれた大福もありますよ。僕、持ってます」

庄治が雑嚢《ざつのう》を開けると、二匹の管狐が大福の包まれた紙包を得意げに掲げてみせてくれる。あの大きさなら十個くらいは入ってそうだ。

「お、ええな。お茶にしよ。お茶。桜の下でお花見や。んで、食べ終わったらみんなで昼寝やな」

「いいですね！　お茶も淹《い》れますね！」

あの恐怖に包まれた夜が嘘のように、すっかりいつもの和やかな日常が戻っていた。


翌日、多恵と聖は三郎とともに勘吉の墓を訪れた。彼の墓は海沿いの山中に建てられた村の共同墓地にあった。

三人で線香をあげて手を合わせる。もし彼の必死の警告がなければ、悪樓の襲撃に気づくのが遅れ、大きな被害が出ていたかもしれない。確かに彼は村を守ったのだ。

数日後。村を発《た》つ朝には、吉村村長をはじめ村人数十人が多恵たちを見送りにきてくれた。

「本当に、ありがとうございます。いまもこうして村人たちが暮らせているのも、すべて鷹乃宮様のおかげです。感謝してもしきれません。ううっ……」

吉村は涙ながらに語っては、両手で包み込むように握った聖の手をなかなか離そうとはしない。

多恵の周りにも村人たちが群がり、口々に礼の言葉を述べてくれた。

「あのとき食べた海鮮粥、ほんまに美味《おい》しかったです。ほっとする味が忘れられません」

「また、ぜひ遊びにきてください。そんときはぎょうさん海の幸を用意してお待ちしてますから」

「お姉ちゃんたち、また来てな！」

素朴ながらも、あたたかな言葉がひとつひとつ多恵の心にしみ込んで行く。

「こちらこそ、お世話になりました。また必ず来ますね」

次こそはゆっくりと浜辺の別荘生活を楽しみたいし、まだまだ海の幸も食べたりない。いまからもう次にくるときのことが楽しみになってしまうのだった。

そのとき、人だかりから少し離れたところでこちらを窺《うかが》う三郎の姿が目に入った。

「三郎さんにも、お世話になりました」

多恵が声をかければ、三郎ははにかむような笑みを浮かべると、傍までやってきて頭を下げる。

「こちらこそほんまに、いろいろ助けてもろてありがとうございます。俺」

三郎は頭をあげて、すっと遠くを見る。視線の先には陽の光を受けた海面がキラキラと輝いていた。

「七人御先になって村を守る勘吉みたいに、俺もこの村を守っていきたいと思います。あいつは海から、俺は陸から」

そう語る彼にはもうおどおどした様子は微塵《みじん》もなく、村を守る逞《たくま》しい青年の姿がそこにあった。

第二章 ✦ 化け猫の呪いと苺《いちご》サンドウヰッチ

大名屋敷の一室から、奥女中の甲高い悲鳴が響いた。

屋敷の者たちが急いで駆けつけると、奥女中が障子戸にすがりついて顔を真っ青にしている。

「殿！　どうされました！　殿！」

側近の者たちが部屋の中に飛び込むと、そこには凄惨《せいさん》な景色が広がっていた。

まだ二十二歳と年若い龍造寺《りゅうぞうじ》家の当主が、血の気の失せた様子でぐったりと横たわっていたのだ。右手にはまだしっかりと懐刀を握りしめたまま。腹は真っ赤な鮮血に染まり、そばには大きな血溜《ちだ》まりができていた。

行燈《あんどん》の灯りを怪しく照り返す血溜まりのそばに、彼が可愛がっていた白猫が蹲《うずくま》っている。白猫はぴちゃぴちゃと音をたてて流れ出た主《あるじ》の血を舐《な》めていた。真っ白な猫の口元が鮮血に染まっている。

人の気配に気づいた猫が顔を上げ、にたりと嗤《わら》ったように見えた。

側近たちは怖気《おじけ》づくが、一人が気を取り直してすぐさま主の元へ駆け寄った。

「殿！」

身体を仰向《あおむ》けにし首元に触れて確かめるものの、すでに主はこと切れていた。

龍造寺家は元来、肥前佐賀《ひぜんさが》藩の藩主を務めてきた家柄だ。

しかし彼はその直系に生まれながらも、重臣の鍋島《なべしま》氏に実質的な藩主の座を奪われて江都《えど》へと逃げてきた身の上だった。辛うじて江都で役を得たものの、彼の絶望は深く心を蝕《むしば》んでいた。

先日も乱心したあげくに若い妻を殺して自らも自害しようとしたばかりだ。そのときは屋敷の者がすぐに医者を呼びに走ってなんとか主の命だけは助けることができたが、それ以降、主は塞《ふさ》ぎこむばかりとなっていた。そして、ついには自害を果たしてしまったのだ。

白猫は騒ぎの最中にどこかへと姿を消してしまった。

主がとても可愛がっていた猫だったが、人の血を舐めた猫は妖《あやかし》になるという。

誰もその猫を捜すことはなく、口に出すのも憚《はばか》られた。

無念の死を遂げた彼の遺体は火葬されたあと、佐賀城下にある一族の菩提寺《ぼだいじ》に祀《まつ》られた。

それから、しばらくしてのこと。

藩の実権を握る鍋島氏が、夜ごと恐ろしい幻覚に惑わされて病床についたという噂が城下で囁《ささや》かれるようになった。

妻が鍋島氏の傍へ来ると彼の錯乱が酷《ひど》くなることに気づいた家来が、妻を密かに監視したところ、人目を忍んで庭の鯉を手づかみで捕まえてそのまま貪《むさぼ》りだしたというのだ。

またある日は行燈の油を舐めていたこともあったという。

これは何かが取りついたに違いないと怪しんだ家来が刀を手に妻へ迫ったところ、目がらんらんと光りだし、口は耳まで裂けた。成敗しようと刀を振り上げるも、妻は身をひるがえして逃げてしまう。その姿は六尺《約一・八メートル》ほどもあり尻尾《しっぽ》が分かれた化け猫に変わっていたという。

江都で命を絶った龍造寺家の若様の無念を愛猫が晴らそうとしたのだろうと、城下の人々は噂しあったのだった。


(もしかして、これは本で読んだ『逢引《あいびき》』というやつでは？？？？)

馬車の中で多恵は一人、どきまぎしていた。

キヨに借りて読んだ、女学生に人気だという恋愛小説を思い浮かべる。その中に書かれていた主人公と憧《あこが》れの殿方との逢引の場面を思い出してしまって、隣にいる聖と目を合わせるのが気恥ずかしくなり視線を車窓に移した。

窓硝子《ガラス》には、桜の花びらを散らしたような和刺繍《わししゅう》が美しい桃色の色留袖《いろとめそで》に身を包み、髪を後ろでまとめあげて桜の小枝を象《かたど》った簪《かんざし》を挿した多恵の姿が映っていた。薄緑色の帯には陶器製の鶯《うぐいす》の帯どめが可愛らしさを添えている。

桜が満開を少し過ぎて、花びらがちらちらと落ちる今の時期にふさわしい、上品で粋《いき》なよそおいだ。

もちろんどんな服装が今の時期にあっているのか一人で選ぶ自信はないので、キヨにも手伝ってもらった。ああでもないこうでもないと相談しながら選んだのだが、聖と二人でおでかけするためとなればそんな時間も楽しく過ぎてしまった。

でもどんなにワクワクと楽しみに待ちわびていても、実際二人きりになると妙に意識してしまっていけない。

気持ちを落ち着けようと、車窓をぼんやり眺めながら何度目かわからない深呼吸をした。

聖と二人。馬車で出かけるのは先日の旅行で随分経験したが、あのときは別の馬車に大悟や庄治、それにキヨをはじめとした女中たちも大勢乗ってついてきていた。行きかう人たちが何事かと振り返るほどの大集団だったので、ここまで二人きりだということを意識せずにすんだのだ。

でも、いまは馬車を操る御者をのぞけば、正真正銘二人きりだ。

(もうっ、キヨさんがあんな本を貸してくれるから。変に意識しちゃうじゃない)

でも、主人公と憧れの殿方の身分違いの恋にどきどきしっぱなしで夢中で読んだのは多恵なのだ。ついでにいうと、キヨが続刊を持っているというので、今度里帰りしたついでに持ってきてもらう約束になっている。

ちなみに小説の中では身分違いの恋の相手が伯爵家の次男という設定になっていたが、多恵の隣にいる旦那《だんな》様は侯爵家の当主だ。

いまだに、なぜ庶民生まれの自分が侯爵の奥様という地位に収まっているのか不思議でならないときもある。すべて夢じゃないかと怖くなることもあるが、そんな多恵の心情を知ってか知らずか、隣に座る聖は今日も洗練された佇《たたず》まいが本当に素敵だ。

こげ茶色の三つ揃いを上品に着こなし、胸元にはえんじ色のネクタイが覗《のぞ》いている。ただ座っているだけの姿にも優美な色香が滲《にじ》み出ていた。多恵はつい彼の姿に見惚《みと》れそうになってしまい、慌ててまた視線を車窓に向ける。

さすがに聖も多恵の仕草が気になったのか、涼しげな目元に憂いを帯びた気配を漂わせた。

「もしかして、今日、何か用事でもあったのか？　急に誘って迷惑だったかな」

二人で帝都の街を散策しないか？　と誘われたのは昨日の晩のことだった。いつものように夜食を届けに行ったときだ。ちなみに昨日の夜食は鯛茶《たいちゃ》漬《づ》けだった。鯛の刺身を煮切ったみりんとごま醤油《じょうゆ》で味付けして熱々のご飯に載せ、煎茶《せんちゃ》をかけたものだ。夜遅くでもさらさらと食べられるので、多恵も気に入っている料理のひとつである。

「そ、そんな迷惑なんて滅相もないです。あの……実は……」

もじもじとしながらも、自分が挙動不審だったのはキヨに借りた恋愛小説の主人公をつい自分と重ねてしまって気恥ずかしくなったからだと正直に告げると、不安そうだった聖の表情に安堵《あんど》の色が広がる。

「そうだったのか。嫌われたのかと、内心びくびくしてたんだ」

多恵はきょとんとして目をしばたたかせた。

「なんで、私が聖さんのことを嫌うんですか？」

聖は言いにくそうに視線をそらす。

「……新婚旅行のつもりだったのに、えらく酷い目に合わせてしまったから。愛想をつかされたんじゃないかと心配だったんだ」

「そんなはず、あるわけないじゃないですか！」

思わず立ち上がろうとしたとき、ちょうど馬車がぐらりと揺れて倒れそうになった。咄嗟《とっさ》に聖が支えてくれたため、彼の胸元にしなだれかかるような体勢になる。

「大丈夫か？」

「ひゃっ、す、すみませんっ」

慌てて彼から離れると、彼はくすりと笑みを零《こぼ》した。その笑みにドキリと胸が高鳴る。恥ずかしさと胸の奥がくすぐったいような不思議な感覚に頭がぼうっとしそうになるが、すぐに居住まいを正した。

「あのあと、聖さんが恐ろしい悪神を一人で討伐なさったと聞いて、ぞっと肝を冷やしました。無事に帰ってきてくれてどれだけ嬉《うれ》しかったか。そんな聖さんを尊敬こそすれ、嫌いになるなんてありえません」

きっぱりと言い切る多恵に、聖は表情を緩ませる。

「そうか、良かった」

少し開けた窓から、ふわりと春のあたたかな風がふきこんできて、二人の頰を撫《な》でていく。ただ一緒に居られる、それだけでなんとも幸せなひとときに感じられた。

二人の乗った馬車は帝都で最も歴史のある老舗《しにせ》の百貨店へ到着する。百貨店には洋服や着物、宝飾品の他にも様々なものが並んでいた。聖に何かほしいものはないかと問われた多恵は、迷った末に白いレースで彩られた可愛らしい日傘を買ってもらった。

日傘のお礼に多恵も何か聖のために選ばせてほしいと頼むと、聖は一瞬驚いた目をしたものの、どこか気恥ずかしそうに了承してくれた。

それで聖と一緒に男性向けの洋装売り場へ行き、そこで多恵は自分のものを選んだときよりもずっと時間をかけた。慎重に選んだのは青いラピスラズリのカフスボタンだ。

「聖さんの、落ち着いた雰囲気によく合っているように思うんですが、どうでしょう」

彼の趣味に合わないと言われたらどうしようかと少し心配になるが、店員に薦められてワイシャツにラピスラズリのカフスをつけた彼は、愛おしそうにカフスを指で撫でる。

「ありがとう。大事にするよ、ずっと」

思いのほか気に入ってもらえたようで、多恵も嬉しくなった。

買い物が済んだら、近くに帝立公園があるというので足を延ばしてみることにした。

ぽかぽかとした春の日差しの中、公園を歩くのはとても気持ちがいい。園内には多恵たちと同じような若い夫婦や、家族連れも多く散策していた。

あちらこちらに植えられた桜は既に満開を過ぎて、はらりはらりと花びらが散っている。道に落ちた花びらが白い絨毯《じゅうたん》のようになっていた。

「寒さも和らいできて、歩くのにちょうどいい季節ですね」

買ってもらったばかりの日傘を差してみる。まだ日傘が必要なほどの強い日差しではないけれど、レースの模様が可憐《かれん》で足元にできる影まで可愛らしい。

「そうだな。たまにはこうやってのんびり歩いてみるのもいいものだな」

聖がぱっと空中で何かを掴《つか》んだ。手を開いて見せてくれたのは、一枚の花びらだ。

それを眺めながら聖はしみじみとした口調で言う。

「いままで桜なんてゆっくり眺めたこともなかった」

「お花見も楽しいですよ。といっても、私もお花見したことはあまりないんですけどね」

先日、別荘の庭の桜の下でみんなと大福を食べながらお茶をしたのは本当に楽しかった。

（来年の春も、みんなで花見に行けたらいいな。そしたら、はりきってお弁当いっぱい作るのに）

桜を見ていて思い出すのは、母が毎年作っていた行楽弁当だ。

「この時期は行楽弁当が良く売れるので、定食屋でも特別に売りに出してたんです。だから、忙しくて。来年こそは行楽弁当持ってお花見に行こうねって母と毎年約束してたんですが、結局果たせなかったなぁ」

去年の桜の季節にも母となにげない約束を交わした。まさか次の桜が咲くまでに母が亡くなることも、定食屋が焼失することも当時は考えすら及ばなかった。翌年もそのまた次の年も、同じ日常が続くのだと信じて疑ってすらいなかったのだ。まして多恵が侯爵家にお嫁にいくなんて数奇な未来が待っているとは思うはずもない。

「行楽弁当か。そういえば、小さい頃にお重を持って母と上野《うえの》の公園に花見に行ったことがあったな」

なにげなく語られた彼の言葉に多恵はハッとする。彼から母親の話を聞いたのは初めてだった。既に鬼籍に入っていることは知っていたが、それ以上のことは今まで彼の口から聞いたことがない。二年前に失踪《しっそう》した父親とは深い確執があるようだが、母親とはどうなのだろう。彼の話の腰を折らないよう慎重に多恵は尋ねる。

「お母さまって、どんな方だったんですか？」

「そうだな。おっとりとしていて、穏やかな人だった。でも、芯《しん》の強い人だったように思う。そういえば、料理こそしなかったが、和菓子とか甘いものは時々作っていたな。よく考えてみると、多恵にどことなく似ているかもしれない」

くすりと笑って聖が言うので、多恵はどぎまぎしてしまう。聖の母といえば間違いなく高貴な出だろう。そんな方と似ていると言われるのはどことなく面はゆい。でも、和菓子作りが好きだというのは意外だった。

厨房《ちゅうぼう》係の嘉川たちが初めこそ多恵が夜食作りのために厨房に入ることに戸惑っていたようだったが、いまは快く迎え入れ、なんなら夜食のおすそ分けを楽しみにすらしていてくれるのも、既に聖の母が厨房を使っていたという前例があったからかもしれない。

きっと聖に似た美しい人だったのだろう。しかも和菓子作りが好きだったとなれば、勝手ながら親近感も湧いてくる。

（生きていらっしゃるうちに、お会いできたら良かったなぁ）

なんて考えていたら、くぅぅとお腹がなってしまった。今朝は緊張してあまり食べられなかったのが災いした。慌ててお腹を押さえるが、隣を歩く聖がフフッと笑ったのできっと聞こえていたのだろう。

「そうだな。ちょうどいいから、ちょっと休むか」

聖の提案に、多恵は顔を赤くしながらこくこくと頷《うなず》いた。

馬車に戻り、再びレンガ造りの建物が並ぶ繁華街を進んで行く。着いた先は、蔦《つた》が絡む洒落《しゃれ》た洋館の店だった。背の高い鉄柵《てっさく》に囲まれた英国風の庭には、小さな噴水まである。車寄せで馬車が停まると、先に降りた聖に手を添えてもらいながら多恵も馬車を降りた。

「うわぁ、素敵ですね」

「果物をつかった料理を出す果物食堂《フルーツパーラー》だそうだ。一度連れてきてみたかったんだ」

多恵が料理好きなのを知って選んでくれたようだ。彼の心遣いが嬉しかった。

店内に入ると天井は高くて大きなシャンデリアがさがり、床は赤い唐草模様の絨毯が敷き詰められている。人気の店らしく、ほとんど満席のようだった。

多恵たちは窓の傍の、庭が良く見える席へと案内される。

着物に洋装のエプロンをつけた女給さんが、お品書きをもってやってきた。

聖が好きなものを頼んでいいと言うので、多恵は女給さんに聞きながらいろいろ迷った挙句、結局この店で人気のものをお任せで頼むことにした。

まず運ばれてきたのは、ティーセットだった。白い陶磁に金縁が施され、花々がちりばめられた上品で可愛らしいティーカップが二人の前に置かれる。お揃いの柄のティーポットから女給が琥珀色《こはくいろ》の紅茶を注いでくれる。ふわりと香ばしく甘い香りが鼻孔をくすぐった。

次いで、食べやすく切られた果物の盛り合わせと、苺《いちご》サンドウヰッチ、小さな器によそわれた橙色《だいだいいろ》のシャーベットがやってくる。サンドウヰッチやシャーベットというものは聞きなれない食べ物だったが、実際目の前にやってくるとどれもとても美味《おい》しそうだ。

苺サンドウヰッチはふわりとした薄い白パンに、たっぷりのカスタードクリームと大粒の苺が挟まっている。一口食べただけで、多恵はすっかり大好きになってしまった。

しかも、甘くなった口の中を、すっきりとした渋みのある紅茶が流してくれるのでどんどん食べられる。

盛り合わせの果物は、どれも甘くてちょうど食べごろのものばかり。

シャーベットは添えられているスプーンで口に入れると、ヒヤッとした冷たさがあり、多恵は驚いた。けれど、柑橘《かんきつ》のさわやかな甘酸っぱさがとても美味しい。

しかも食べながら気づいたのだが、果物やサンドウキッチが載っている皿は華やかな絵柄の古伊万里《こいまり》だ。シャーベットが載っているのもよく見れば古伊万里の小鉢だった。

着物姿の女給さんといい、この店は和洋折衷の様式を売りにしているらしい。

ついつい夢中で食べてしまったが、ふと顔をあげて向かいの席に座る聖に目をやると、彼は優雅にティーカップを口元に傾けていた。とても微笑ましげに多恵を眺めている。

「あ、あの……聖さんも食べてくださいね？　どれも、甘くてすっごく美味しいですよ」

遠慮がちに勧めると、彼はにっこりと目じりを下げた。

「いつも俺が夜食を食べるとき、なぜ食べているところを君がじっと見ているのかなと不思議だったが、ようやくわかったよ。美味しそうに食べている姿は、なんとも良いものだな。こちらまで幸せな気持ちになってくる」

「う……。た、たしかに私もつい聖さんが食べてるところじっと見ちゃってますよね。今度から気をつけます」

夜食をもっていったあと、彼の反応が気になってしばらく彼が食べている様子を眺めていたなと思い返す。

改めて自分が逆の立場になってみると、なんとも食べづらいものだ。これからは気を

つけなきゃと思い直した多恵だったが、

「いや、構わない。でも、そうだな。何なら君も一緒に食べたらいいのにと、いつも思ってたんだ。君が作ってくれるものはとても美味しいけど、二人で食べたらもっと美味しい気がするのになって。もちろん、夜遅いから無理にとはいわないが……」

そんな風に思われていたなんて、考えもしなかった。定食屋で働いていたときの感覚でつい食べさせてあげなきゃという気持ちを強くもちがちだが、二人で食べるために作るというのはもっと素敵なことのように感じられた。

「あ、あの。今度から、そうしてみます」

もじもじとしながら答えると、聖は「ああ」とにっこり微笑んだ。

多恵も笑みを返し、果物の盛り合わせをフォークで刺してパクリと口に入れた。

一噛《か》みしただけでじゅわっと甘い果汁が広がり、なんとも幸せな気持ちになってくる。どれも同じ大きさに四角く切られているから元の姿がわからないが、いま食べたのは柑《かん》橘《きつ》類《るい》だ。ただ、冬に食べる温州蜜柑《うんしゅうみかん》よりも甘さが強くて果汁も多い。今まで食べたことのない品種だった。

盛り合わせには苺や林檎《りんご》など多恵が知っている果物もあるが、食べてみても何の果物なのか皆目見当がつかないものもある。とはいえ、どれもとても甘くて美味しいのは違いない。

一つ一つ味わっていたら、聖が真面目に、

「そんなに気にいったなら、うちの屋敷でも取り寄せられるようにしようか」

と言い出した。願ってもない提案だったので、多恵の目がきらんと輝く。

「よろしいんですか？」

「ああ、あとで店長に頼んでみよう」

そんな話をしていたときのことだ。

「ねぇねぇ、この前ちらっと話してたあれ、どうなったの？　ここの店長さんが化け猫に憑《つ》かれてるらしいって言ってたじゃない」

通路を挟んで向かいの席から気になる単語が飛んできた。

（え？　化け猫？）

思わず耳が引きつけられる。

そちらの席には二人組の若いご婦人たちが座っていて、ちょうど女給さんが紅茶と苺ののったケーキを運んできたところだった。

ご婦人たちはその女給さんと知り合いらしく、親しげに話しかけている。

話を振られた女給さんは慌てた様子で口元に指を立てて、しーっとご婦人たちを窘《たしな》めた。

「ちょっとやめてよ。いま仕事中なんだから。また今度にしてちょうだい」

しかし、ご婦人たちもなかなか引き下がろうとしない。

「えー、いいじゃない。今日はその話をくわしく聞こうと思って来たんだから。ねぇ？」

「うんうん。私も興味あるな。そういう怖い話大好きなの」

とご婦人たちは頷きあう。女給さんは諦《あきら》めたように軽く嘆息を漏らした。

「もうっ、仕方ないわねぇ。ちょっとだけよ？」

そして近くに店長や他の女給さんがいないのを確認するためか、きょろきょろと辺りを見回してから、ご婦人たちに顔を近づけて声を潜める。ひそひそ話だったが、席が近いため多恵のところまで声は聞こえてきた。

「まだ出てるそうよ。店長さんの体調もどんどん悪くなってるみたい。ずっと青い顔してるもの。なんでも、毎晩、巨大で恐ろしい猫の化け物に追いかけられる悪夢を見て飛び起きるから、あまり寝られないらしいのよ。それにこの前の晩もね、夜中に水を飲みに行こうと布団から起き上がったら、二本足で立つ尻尾《しっぽ》の割れた大きな猫の姿が障子に映ってたんだってさ。人の背丈より大きかったって言ってたよ」

「うそぉ。見間違いだったんじゃないの？　ほら、影って光の加減によっては大きく映るじゃない」

「じゃあ、店長さんはなんで体調崩してるのよ。女給たちの間じゃ、追い出した前店長の呪いじゃないかって噂になってるの」

呪いとは、なんとも穏やかではない。もっと話を聞いてみたかったけれど、女給さんが客に呼ばれたようで、

「はーい！　いま行きます！　じゃあ、またあとでね」

颯爽《さっそう》と去って行ってしまったので、それ以上詳しい話は聞けずじまいだった。

「……聞きました？　いまの話」

聖にこっそり話を振ると、涼しい顔で紅茶を飲んでいた彼は小さく苦笑を浮かべた。

「まぁ、聞こえたが、怪談話っていうのはどこにでも転がっているものだしな。怪異の仕業なら特四の仕事の範疇《はんちゅう》になるが、大概は根も葉もない噂みたいなものだ」

と、さして気にもしていない様子だった。

帝都で怪異に関する事件が起これば彼が所属する特四の管轄となるが、妖《あやかし》絡みかどうかも定かではない噂話をいちいち気にしていたらキリがないのだろう。

「そうですよね。あ、でも、ここの果物美味しかったから、鷹乃宮家で取り寄せてもいいっていうお話、すごく嬉《うれ》しいです」

苺や蜜柑くらいなら鷹乃宮家が昔から懇意にしている業者でも買えるが、舶来物の果物はなかなか手に入らない。そういうものを取り寄せられたら、料理やお菓子作りの幅も広がって楽しそうに思うのだ。

聖は優しい視線を多恵に向けると、早速、近くを歩いていた女給さんに頼んで店長を呼んでくれた。

呼ばれてやってきた店長は背の高いがっしりした体つきの四十代の男だった。

薄茶色の品のいい三つ揃いに、磨きこまれた飴色《あめいろ》の革靴が良く似合っている。ただその服の上に鷹乃宮家の料理人たちが着ているのによく似た白い調理衣を着ているのが不思議ではある。

店長ではなくて、厨房長《ちゅうぼう》が来たのかと思った多恵が「お料理、どれもとても美味しかったです」と感想を告げると、彼は頭に手をやって何度もお辞儀をした。

「気に入っていただけて光栄でございます。私、店長をやらせていただいております柳《やなぎ》田《だ》と申します」

大きな身体を丸めてお辞儀をする姿は、なんとも人がよさそうに見える。

「店長なのか？　料理人ではなくて？」

聖に問われてはじめて柳田は調理衣を着ていることに気づいたようで、慌ててその場で脱ぐとくしゃくしゃに丸めて小脇に抱える。

「も、もうしわけありません。はい、店長でございます。ただ、調理の方も兼ねさせていただいているもので。いや、料理人もいるにはいるのですが、私も店長を始めてから料理の楽しさも覚えてしまって、見様見真似で作るようになった次第です」

なんとも腰の低い人だ。なんとなく料理人や店長という印象からは遠く映る。

「私は鷹乃宮聖だ。こちらは、妻の多恵」

紹介されて多恵が軽く会釈をすると、聖は話を続けた。

「彼女が、ここの果物をとても気に入っているんだ。できたら、うちの屋敷までいくつか見繕って持ってきてほしいのだが、構わないか？」

「もちろんでございますっ。御贔屓《ごひいき》にしていただき、誠にありがとうございます」

柳田はますます腰を低くして頭を下げる。

しかし、頭をあげた瞬間、柳田はふらりと姿勢を崩しそうになった。多恵はひやりとしたが、倒れる前に聖が素早く立ち上がって彼の腕を掴《つか》んで支えた。

「大丈夫か？」

「も、もうしわけございませんっ。一瞬、立ち眩《くら》みがしてしまい……もう大丈夫です。鷹乃宮様に失礼なところをお見せしてしまってなんとお詫《わ》びをしていいやら……」

よく見ると、柳田の顔は血の気が引いていて青白く見えた。

先ほど女給さんたちが噂していたようにたしかに体調が悪そうだ。目はどよんとして生気が薄く、濃いクマができている。大きな体格のわりに、声にも張りが感じられない。化け猫が本当にでるのかはわからないが、何かしら健康に差し障るものが近くにいる可能性はあった。

聖も気になったのか、席に座り直したあと彼の体調を気遣って言葉をかける。

「詫びなどは別にいいが、どこか体調が悪いんじゃないのか？　ただ病的なものとは少し違いそうだな」

柳田はしょんぼりと肩を落とした。

「はい。お恥ずかしい話なのですが、このところあまり寝られないんです。長く寝ても、起きると余計疲れがたまっている有様でして。何か悪いものに取り憑かれたのやもしれないと思い、近いうちにどこかの神社にでもお祓《はら》いに行こうかと考えております」

神社でしてもらうお祓いは、市井の人間にとって身近なものだ。何か良くないことが起こったときや、願掛《やまいよ》けにお祓いしてもらう人も多い。多恵も、母が病気になったときには近所の神社で病除けのお札をもらってきて部屋に貼ったりもした。お札の甲斐《かい》もなく母はあっけなく他界してしまったが、母のためにできる限りのことができて良かったといまも思っている。

聖はズボンのポケットから一枚の霊符を取り出して彼に渡した。

「鷹乃宮は古来物憑きや化け物の類《たぐい》は得意としている。もし身の回りで常識では考えられないような不可解なことや不穏なことが起こっているなら、これを寝所にでも貼っておくといい。多少は祓ってくれるだろう」

「お札ですか！　ありがたく貼らせていただきます。これで今夜はゆっくり寝られます」

柳田は霊符を両手で受け取ると頭を下げて札を掲げる。本当にありがたくてたまらないという様子だった。

帰り際、柳田と女給に見送られて馬車に乗りこみ果物食堂《フルーツパーラー》を立ち去るとき、動き出した馬車の車窓からなにげなく外を眺めていたら、あるものが目についた。

（あれは……？）

果物食堂の窓枠の上の方から何か白いものが垂れ下がっているように見えたのだ。しかし見えたのは一瞬で、すぐに馬車は通り過ぎてしまう。

（なんだったんだろう、いまの。服でもひっかかってたのかな）

服にしては、毛皮かなにかのようにもふもふしていたように思えた。

なぜだろう。なんだかとてもよくないものを見たように心がざわついた。

「どうした？」

隣に座っていた聖が多恵の様子に怪訝《けげん》そうにする。聖は先ほどの奇怪なものは見なかったようだ。それなら、わざわざ彼を煩わせるほどのことではないだろう。

「いえ、なんでもないです。ちょっと疲れちゃったのかも」

多恵はそう笑って誤魔化した。


二週間後のお昼前。

鷹乃宮の屋敷に、果物食堂の柳田が様々な果物を盛り合わせた籠《かご》を手にやってきた。

聖もたまたま大学校が早く終わり、特四に向かう前に昼食を取りに帰ってきたところだったため多恵と一緒に表玄関で応対する。

「いやぁ、すみません。今日は挨拶《あいさつ》をと思ったのでこちらから参りましたが、次からは厨房の方にお持ちしますね」

果物の籠は男性でも一抱えある大きさだったため聖が受け取る。中には林檎《りんご》や苺《いちご》といった見知った果物のほかに、見たことのない大きな柑橘類《かんきつるい》や、橙色《だいだいいろ》の楕円《だえん》形の果物まである。どれも完熟しているのだろう、濃厚な甘い香りが漂ってきた。

「どれも食べごろですね。あまり他では見かけないものもあって面白いです。この楕円形の果物は何ですか？」

多恵が尋ねると、柳田はひとつひとつ指さしながら教えてくれた。

「それは芒果《マンゴー》にございます。南国原産で横浜《よこはま》の貿易商から直接買い付けているものです。そのほかは、苺に林檎、これは三宝柑《さんぼうかん》という蜜柑になります。どれがお気に召されるかわからなかったので、まずは色々取り揃えてまいりました。こういった盛り合わせでの注文もできますし、個別に指定しての注文ももちろん承っておりますので、今後とも御贔屓に。どうぞよろしくお願いいたします」

柳田は大きな上背を丸めて深くお辞儀をした。背筋の伸びたお辞儀姿が様になっている。商売人とはどことなく違う風情が漂っていた。

それにしても多恵が気になったのは、彼の表情だった。

明らかに前に見た時よりも頬がこけて、目のクマも濃くなっているように思う。さらにいうと、生気がますます薄くなっているようにも感じられたのだ。

それは聖も同感だったようで、下男を呼び止めて果物籠を渡すと、柳田に問いかける。

「ところで体調が思わしくなさそうだが、霊符は効かなかったのか？」

霊符という言葉に柳田は、はっとなる。

「いいえ、そんなことは決して！　とてもありがたく使わせていただいております。寝所の壁に貼りつけたところ、夜中にうなされることもなくなり、良く寝られるようになりました。ただ……」

　そこで言葉を区切って、顔を曇らせた。それ以上、他人に……それも鷹乃宮の当主などという地位のある人に話していいものかと迷っているようだったので聖が付け加える。

「もし幽霊とか妖《あやかし》のことで悩んでいるなら、話すといい。さきに渡した霊符も俺が作ったものだ。そういう類のことに多少なりとも知識も経験もあるから何か手を貸せるかもしれない」

　聖に促され、柳田はぽつりぽつりと話し始めた。

「あのお札は確かにとても効果がありました。寝所では何事もなくなったんですから。でも、そのすぐあとからですかね。夜、私が仕事を終えて自宅に帰ろうとすると、後ろからずっと猫の鳴き声がついて来るようになったんです。一度など、歩いているときに物陰から何か飛び出してきて襲われました。ちょうど角から他の人が歩いてきたのでソイツは逃げていきましたが、いまだに思い出すだけで恐ろしくて……」

　柳田は鳥肌を抑えようとするかのように自分の両腕をさする。

　聖は顎《あご》に手を当て、何か思い当たるものはないかと思案しているようだった。

「店は銀座《ぎんざ》だったな。自宅はどの辺りにあるんだ？」

「はい。日本橋《にほんばし》を越えて、水天宮《すいてんぐう》の近くになります。最近は力車を捕まえるようにしてたのですが、その晩は捕まらなくて。歩いて帰る最中でした」

思い出しただけで恐ろしくなったのか、柳田はぶるっと身体を震わせた。

「犬よりも大きな獣のように見えました。いや、六尺《約一・八メートル》はあったやもしれません。四つ足で走っていって、近くの家の屋根に上って逃げていったんです。あんな獣、あとにもさきにも見たことがありません」

話が長くなりそうだったので応接室に案内して、そこで続きを聞くことにした。キヨにお茶とお茶請けも頼んでおく。

柳田は応接室の椅子に浅く腰掛け、俯《うつむ》き加減で話を続けた。

ことの始まりは、半年ほど前。あの果物食堂を前の所有者から引き継いでからだという。

実は彼は元々洋菓子職人などではなく、銀行の融資担当だったのだそうだ。

最初あの果物食堂は別の人間が経営していたのだが、前の店長は洋菓子職人としての腕はあるものの経営は放漫で破産寸前となっていたという。

柳田の勤めていた銀行はあの店に多額の融資をしていたため、経営を立て直すために柳田が出向してきて何とか経営の健全化に成功した。しかも、その過程で洋菓子と西洋の果物の魅力に気づいた柳田は独学で洋菓子作りを学び、さまざまな新商品を店に出すようになると店は益々繁盛するようになっていった。

一方で前の店長の自堕落な性格は直ることはなく、博打《ばくち》で全財産を失ってしまう。店を担保にしてまでよくない筋から遊ぶ金を借りようとしたため、店を守るために半ば追い出すような形で店の経営からは手を引いてもらったのだそうだ。そして、柳田が銀行を辞めて正式にあの店を継いだ直後からおかしなことが起こり始めた。

夜な夜な猫の鳴き声に悩まされるようになり、そのうえ寝所の障子越しに二本足で歩く大きな猫の影を見てからというもの一層体調は悪くなっていった。

聖の霊符を貼ってからは寝所の中では奇妙なことは起こらなくなったが、代わりに家の外にいる時に猫の声をよく聞くようになり、聞けば聞くほど体調が悪くなるのだそうだ。

そのうえ夜道で襲われたのだから、柳田の恐怖はいかばかりだろう。

彼はキヨが差し出したお茶にも手をつけず、両腕でかき抱くようにして大きな身体を丸めた。

聖は腕組みをしてフムと唸《うな》る。

「銀座に日本橋、それに水天宮の一帯か。あのあたりでそういう化け物が出たという話は記憶にないな」

おそらく特四の事件記録を思い出しているのだろう。特四は、妖などが引き起こす通常では考えられない事件を専門に対処する部署だ。妖や怪異の類の事件ならもっとも情報が集まってくる場所なのは間違いない。

その特四に関連する情報がないなら、もしかして柳田個人の妄想や幻想といったものなのかもしれないと多恵が思い始めていたとき、柳田がおもむろに上着の袖《そで》を捲《まく》って見せた。

そこには生々しい三本の引っ掻《か》き傷が残っていた。既に血は止まり、傷口には薄桃色の新皮がかぶさっていたが大きな傷跡が痛々しい。猫の引っ掻き傷に近い見た目だが、それより遥《はる》かに大きな爪跡だった。

「これが先日襲われたときの傷でございます。お恥ずかしながら動揺と傷の痛みで十日ほど店に出られませんでした。三日前からようやく出勤できるようになったので、遅くなりましたが頼まれていた果物をお持ちした次第です」

腕に傷ができるとなると、幻想の類《たぐい》ではありえない。

六尺ほどもあるという獣の化け物は実在するのだ。

そんな大きな化け物に暗闇で襲われたらひとたまりもないだろう。柳田もたまたま人が通りかかって難を逃れたが、再度狙われないとも限らない。

聖は腕組みをしたまま、柳田の傷を食い入るように見つめる。

「人を襲う化け物が帝都にいるとなると、放っておくわけにはいかないな。こちらでも調べてみる。貴方《あなた》はとりあえず、人の少ないところには行かないようにしたほうがいい。今日はうちの俥《くるま》で送らせる」

「本当ですか！　お気遣いまで、ありがとうございます！」

柳田は感極まるあまり何度もペコペコお辞儀した。

柳田が帰ったあと、聖は屋敷へ迎えにやってきた庄治に早速、果物食堂《フルーツパーラー》の調査を頼むことにした。

「果物食堂ですか？　あの、苺サンドウキッチとかで有名な銀座の？」

庄治はなぜ、そんなところを調査するのかと不思議そうにしていたが、聖は自室の応接椅子に腰かけてなにやら分厚い本をぺらぺらめくる。

「ああ、その店であっている。さっきそこの店長がうちに来たが、何かに憑《つ》かれている形跡があった。彼の身体に瘴気《しょうき》が残っていたが、かなり濃いものだった。最近、帝都で瘴気がわだかまってる場所も多いからな。そういう所を根城にした野良猫や野良犬が化けている可能性もある。放置すればさらに被害者が増えるやもしれん」

二人にお茶を出していた多恵も、果物食堂の帰り際に見た奇妙な毛の塊のことを思い出す。

「あ。そう言えば、私も変なモノを見ました」

「変なモノ？」

聖が眉《まゆ》を寄せて本から顔を上げた。多恵は丸盆を胸に抱いて、こくりと頷《うなず》く。

「はい。この前、果物食堂に行った帰りです。あの店の窓の上から、こう、べろんと毛の塊みたいなものが垂れ下がっていたんです。それが何かはわからなかったんですが、窓の中を覗《のぞ》いているようにも見えました」

「毛の塊、か。やはりあの店に何か縁のあるモノなのかもしれんな」

柳田も店長を替わってから身の回りで奇妙なことが起こり始めたと言っていた。

聖は持っていた本をパタンと閉じると、庄治に頼む。

「まずは果物食堂の方から調べてみてくれ。あと、店長の自宅だな。俺から派遣されたといえば、すぐに通してくれるだろう」

「了解しました」

庄治が敬礼をすると同時に、足元に置いてあった彼の雑嚢《ざつのう》から『きゅっ！』『きゅきゅきゅっ』と声が聞こえる。きっと管狐たちもやる気になってくれたのだろう。


それから数日後。

再び庄治が鷹乃宮家の屋敷にやってきたときには、大きな風呂敷包《ふろしきづつ》みを抱えていた。

いつものように聖の執務室兼自室で話を聞くことにする。

多恵は二人のためのお茶とお茶請けを応接椅子の間の低卓《ローテーブル》へ置いた。今日のお茶請けは、柳田が持ってきてくれた芒果《マンゴー》という果物だ。包丁で食べやすく切って、取りやすいように楊枝《ようじ》を刺してある。濃い橙色《だいだいいろ》の果実で、ねっとりとした口当たりと濃厚な甘さをもつ、不思議な味わいのある果物だった。

庄治は一口食べて濃厚な甘さにびっくりした顔をしていたが、管狐たちは気に入ったようで食べ終わったあとも手をペロペロ舐《な》めている。

ひとしきりお茶をしたあと、庄治は応接椅子の横に立てて置いてあった風呂敷包みを手に取って低卓の上に置いた。

「これなんですが」

風呂敷包みを広げたら、中から出てきたのは平たい大きな木箱だった。その箱を庄治が開けると、二尺《約六〇センチ》ほどの磁器の平皿が入っている。

中央に孔雀《くじやく》、周りには唐草や市松、菊や瓢箪《ひようたん》といった縁起のいい吉祥文様《きつしようもんよう》が描かれていた。金や赤で彩られており豪華絢爛《けんらん》な印象のある大皿だ。

「へぇ、古伊万里だな。しかも、身をひそめるみたいに隠しているが、なかなか濃い瘴気をまとっている。間違いなく何か憑いてるな」

聖も興味深そうに大皿を眺める。多恵もその隣で美しい大皿に興味が惹《ひ》かれる。こんな美しい皿なら、どんな料理を載せたら映えるんだろうとつい思い浮かべてしまった。

「そうなんです。あの店、和洋折衷を売りにしてるとかで、古伊万里などの古い和食器を沢山倉庫に抱えていました。前の経営者があれこれ集めていたそうです。その倉庫を調べさせてもらって、ほかにもちょっと怪しい瘴気を発してるなっていうのはあったんですが、これが断トツでした」

庄治の肩の上では、管狐が一四、得意げに鼻をあげている。きっとこの子がその大皿を発見したのだろう。

「あなたが見つけたの？　えらいのね」

多恵が褒めると、管狐は嬉《うれ》しそうに『きゅっきゅっ！』と鳴いた。

聖は大皿を箱から出して手に取り、あちこち眺め出す。

裏返すと作製者の銘のようなもののほか、皿の高台の内に大きな家紋のようなものが染め付けられていた。

それにパッと見では気づかなかったが、しばらく凝視していると大皿の周りにゆったりと揺らめく瘴気の膜のようなものが視える。上手《うま》く抑え込んでいるが、隠しきれずに僅《わず》かに漏れ出た濃い瘴気が皿の周りに沈殿しているようにも思えた。

「この家紋は、肥前佐賀藩のものか」

聖の指摘に庄治は眼鏡のつるを指でくいっとあげた。眼鏡が一瞬、きらんと光る。

「はい。馬具の杏葉《ぎょうよう》を象《かたど》った形が二列に左右から縁どる杏葉紋。間違いなく肥前佐賀藩からの流出品だと考えられます。御一新後、廃藩置県により解体された藩から流出した骨董《こっとう》品や美術品が、市場に多く出回っております。これもそうやって帝都まで流れてきたものではないかと思われます」

「肥前佐賀藩に、猫の化け物、か。となると、もしかして柳田の不調の原因はあれか?」

聖は大皿を一旦《いったん》箱に仕舞うと、ぶつぶつ言いながら席を立って本棚へと足を向ける。壁一面に設《しつら》えられた本棚には洋書と和書が半々くらい並んでいるが、聖が向かったのは和書が多く並ぶ棚だった。

「えっと、どこにあったっけか。前に確かに読んだんだが……。ああ、ここだ」

本棚から取り出したのは、古い和綴《わと》じ本だった。彼が応接椅子に座って本を開くのを、隣に座る多恵も身を乗り出して眺める。和紙に墨で写本したもののようだった。本をめくり、聖が「これだ」と開いた頁には『鍋島化け猫騒動』と書かれていた。

「これは御一新前に書かれた本で、九州地方の藩の様子について記載されている。肥前佐賀藩はいまの佐賀県にあった藩だが、有名な化け物事件が語り継がれているんだ」

それが、『鍋島化け猫騒動』だった。

書かれた文字は古い書体のため、多恵にはなかなか読み進めるのに時間がかかる。

そのため、聖がかいつまんで説明してくれた。

「肥前佐賀藩はかつて龍造寺家が藩主だったが、天正《てんしょう》十二年、いまから三百年ほど前の龍造寺政家《まさいえ》の代に、病弱であることを理由に義理の叔父であり重臣だった鍋島直茂《なおしげ》が実権を掌握している。その後、政家は隠居させられて嫡男の龍造寺高房《たかふさ》が家督を継いだが、高房は江都に追いやられ、実権は鍋島氏が握ったままだった」

つまり、藩主をめぐるお家騒動が発端だった。聖は和書を指でなぞって読み進めながら要約を伝えてくれる。

「当時の高房は、俺とあまりかわらない年齢だったんだな。鍋島氏を恨むあまり、若い妻を刀で刺殺して自らも自殺を図るが命を取り留める。だが、それから精神を病んでしまい、半年後に再び自害して亡くなった。父親の政家も後を追うように病死。そこまでは史実らしいが、そのあと鍋島氏に不可解な事件が起き始めたとされている」

鍋島家の当主が病に伏せり、妻が甲斐甲斐《かいがい》しく世話をするようになった。しかし家臣の一人が、その妻が鍋島氏の病床へ来ると病が悪化することに気づく。あやしく思った家臣が監視していると障子に行燈《あんどん》の油を舐める化け猫の姿が映ったという。

また、夜桜の花見会を六尺もある毛むくじゃらの化け物が襲って死者が多数出たなどという話も伝わっているそうだ。

本に書かれた挿絵には、大きな目をギョロリとさせた化け猫が行燈の油を舐める姿が描かれていて、多恵は恐ろしくなってくる。

「高房さんが飼っていた猫が、ご主人さまの無念を晴らすために、化け猫になってまで復讐《ふくしゅう》しようとしたんですね」

高房は享年が二十二とのことで、聖と二つしか違わない。殺された妻も、おそらくそれより年若いことを考えると多恵とさほど変わらないだろう。しかも刀で刺殺されたのだ。

妙に聖と多恵の立場とかさなってしまい、重い気持ちになってくる。

「一応、化け猫の復讐云々《うんぬん》は後世の創作だとされている。だが、実際はどうだかな……」

腕を組んで唸《うな》る聖に、庄治が言葉を続ける。

「特四で扱う事件には、妖《あやかし》が起こしたものであっても、社会不安を防ぐなどの観点から新聞社への報告はガス爆発や通り魔など別の理由をつけて発表するものも多いですからね」

聖は頷く。

「そうだな。現実に何かしら化け猫の事件が起こっていて、史実としてはそれを隠ぺいしたものの、市井に化け猫の噂が流れでて創作として現在に伝わっているという可能性も充分ありえる。だとすると、今回の件の説明もつくし、予想以上に危険な妖かもしれん。特四案件だな」

肥前佐賀藩から流れてきたと思《おぼ》しき強い瘴気《しょうき》を発する大皿。藩主鍋島家に伝わるという化け猫騒動。そして柳田の周りで出没する猫の妖の気配と彼を襲ったけむくじゃらな化け物。

それらを総合すると、たどり着く答えは一つだった。

「やっぱり柳田さんを襲ったのはこの大皿に取り憑《つ》いている化け猫なんでしょうか」

「その可能性は高いだろうな。この大皿、上手く隠しているようだがかなり強い瘴気の化け物が取り憑いている。隠しきれていないのは、最近ちょくちょく表に出てきているせいで、瘴気の残滓《ざんし》が皿の表面に残ってしまったせいだろうな」

しかし、そこに庄治が疑問を呈する。

「でも、なぜ柳田が襲われたんでしょうか。鍋島家の末裔《まつえい》ならともかく。念のために彼の出自も探ってみましたが、彼は生まれも育ちも横浜で、実家は横浜で百年近く営業を続けている海産物問屋とのことでした。それ以前の祖先についても調べればわかるかとは思いますが」

「ああ、一応調べておいてくれ。ただ、柳田があの果物食堂《フルーツパーラー》を継いだのはたまたま銀行から出向した縁があったからだと言っていたよな。古伊万里を集めたのは前経営者だったらしいし、もし柳田が鍋島家の末裔だったとして、そのせいで襲われたんだとしたら随分と偶然の重なった不運だな」

そんなに多くの偶然が重なった不運なんて、あるのだろうか。しかも、いくら末裔だったとしても何もしていない柳田が襲われる理由になるのだろうか。末裔だからといって見境なく襲うような妖だったら、三百年の間にもっと犠牲者が多く出て大きな問題になっていてもおかしくはない。

なんだか腑《ふ》に落ちないものを感じながら、先ほど食べた芒果《マンゴー》を思い出す。

元々銀行員だった柳田は、果物食堂に出向して立て直しに奔走するうちに洋菓子作りの楽しさに目覚め、独学で習得したのだといっていた。そのうち、前の経営者が店を担保に遊ぶ金を借りようとしたため経営を任せておけず、銀行を辞めて果物食堂を継いだのだと……。

(あれ？　それって傍《はた》から見ると、果物食堂の経営を他所《よそ》から来た柳田さんが奪ったようにも見えるかも？)

本人同士は納得したうえで経営譲渡したのだろうが、そこはあくまで契約上のこと。事情を知らないものから見れば、柳田が前経営者を追い出して店を乗っ取ったように見えたとしてもおかしくはない。

それを見た化け猫が、かつての鍋島騒動を思い出してしまい再び皿の外に出てきているとは考えられないだろうか。

その可能性を聖たちに告げると、彼も唸る。

「その可能性は俺も考えてはいた。ひとまず、その化け猫とやらを捕まえて事情を聞ければそれが一番早いんだがな」

そう言って聖は大皿の箱の蓋《ふた》を閉めると、風呂敷《ふろしき》で包み直して庄治に渡す。

「一旦うちの蔵にしまっておいてくれ。鍵《かぎ》は家令が管理してる。呪物《じゅぶつ》用の蔵だと言えばわかるはずだ。この間の振袖《ふりそで》火事事件のときの髑髏《どくろ》で懲りたからな。蔵一つ、こういうのの保管用に結界を強化しておいた」

「了解しました」

庄治が箱を持って部屋から出ていったのを確認してから、聖はやれやれとお茶をすする。

「うっかりあのまま話してたら今後の作戦を聞かれるところだった」

多恵は聖が何のことを言っているのかわからず小首をかしげるが、彼の意図に気づいて「あ！」と声を上げる。

「あの大皿の中に、いまも化け猫さんがいるかもしれないからですね。あ、お茶、新しいものを淹《い》れてきましょうか」

「いや、いい。冷めてるのも飲みやすいから。おそらく、あの大皿の中から聞き耳を立てていただろうな。迂闊《うかつ》な奴なら皿から耳が生えていてもおかしくないが、誰にもバレることなく三百年もあの皿に憑いてる妖ならしたたかな奴に違いない。さて、そんな妖をどうやって引っ張り出すかだな。好物でも餌にして捕まえられたらいいんだが」

化け猫の好物といったら何だろう。

猫といえば魚が好物で有名だから、化け猫も魚が好きかもしれない。そういえば、さきほど聖が読んでくれた和綴《わと》じ本にも化け猫が行燈の油を舐《な》める絵が描かれていた。

この屋敷に来る前に使っていた照明用の油は、とても魚臭かったことを思い出す。それもそのはず、あのころ使っていた油は魚油だったのだから。猫が好きなのも頷《うなず》ける。

「行燈に使う魚油なんてどうでしょう」

「魚油？」

聖は、不思議そうに聞き返した。

「はい。化け猫が舐める行燈の油です。このお屋敷で使われている油はとても綺麗《きれい》で臭いがほとんどないですが、魚から作る安い油はかなり魚の臭いがするんです。だから化け猫も舐めたくなるのかもしれません」

夜早く寝てしまえば照明用の灯りは必要ないのだが、定食屋をしていたときは朝早くに仕事にでかける大工や行商人たち相手に早朝から開店するため、まだ夜が明ける前から仕込みや調理をはじめることがよくあった。

そういうとき市販の高い油を使うのはもったいないので、自分たちで作った魚油を使っていたのだ。

「定食屋をしていたころは、棒手振《ぼてふ》りから売れ残った魚を安く買ってきて煮詰めて油を作っていました」

その話を聞いて、聖も顎《あご》に手を当て唸る。

「そうだな。いかにも化け猫が好きそうだ。それに、多恵が作るんなら瘴気を祓《はら》うこともできるかもしれんしな」

なぜ多恵が作ったものが瘴気を祓う効果を持つのかは多恵自身にもよくわからない。でも、先日行った別荘でも亡者たちを祓ったのは多恵が作った海鮮粥《がゆ》だった。

理由はわからないが、効果があるのなら使わない手はないだろう。

「よし、試しにやってみるか」

「はいっ」

聖の言葉に多恵もおさげの髪を揺らして頷く。あの大きな身体をびくつかせて見えない化け物に怯《おび》える柳田のためにも、なんとか正体をつきとめて彼を襲う理由を聞きだしたい。

そしてぜひとも、これからも美味《おい》しい果物を届けてほしいのだ。そのために魚油を作ることくらいわけなかった。

すぐさま厨房《ちゅうぼう》長の嘉川に油の取れそうな魚を桶《おけ》一杯購入してもらうよう頼む。

翌日、

「奥様、出入りの魚屋が例のもの持ってきましたぜ」

多恵の部屋へ調理衣姿の嘉川が呼びに来た。早速厨房へと見に行くと、板間のところに置かれた桶につやつやとした鰯《いわし》が溢《あふ》れそうなほどになっている。

「うわぁ。ぷりぷりの鰯！　これなら良い油が沢山取れそう」

しゃがんで指でつつくと、尾っぽをばたつかせる。脂がのって活《い》きのいい鰯だ。油にしてしまうのが少しもったいないくらいだった。

鰯は小骨が多いため焼き魚では食べづらいが、開いて蒲焼《かばやき》にしたり、梅煮にするのも美味しい。活きのいい姿を見ているとつい美味しい食べ方をあれこれ想像してしまうが、これは油用に買ってもらったモノなのだ。ぐっと我慢して、油作りのために大鍋《おおなべ》を用意した。

まずは、竈《かまど》の上に大鍋を置いて水と鰯を入れて煮込む。油を作るときは料理をする時と違って頭や内臓をとったりはしない。そのまま丸ごと煮込むのだ。

ぐつぐつと鍋が沸騰して、中の鰯の身が解《ほぐ》れるほど軟らかくなるころには厨房中が魚の臭いで満たされる。充分に煮込んだら鍋を竈からおろし、鍋の中の鰯を取り出す。

一匹ずつまな板に載せて、包丁で軟らかくなった鰯を刻んでいった。良く煮込んだので、骨まで簡単に断ち切れる。

鰯の身を小さく刻んだら、布巾《ふきん》に一塊ずつ入れて搾るのだ。力を入れて搾ると、布巾に黄色っぽい油が染み出してくる。だが、これがなかなか骨の折れる作業だった。

布巾から染み出た油は下に置いた深皿へと溜《た》まっていく。布巾の中の鰯を搾り終わると、布巾を開けて搾りかすを別の器にあけ、再び刻んだ鰯を包み直して搾るのだ。

ちなみに搾りかすは、畑にまくと良い肥料になる。

　何回も搾っては中身を交換してという動作を繰り返していると、しだいに手が疲れてきた。

　見かねた嘉川が、

「手伝いましょうか？」

　腕まくりしてくれたが、多恵はふるふると首を横に振った。

「ありがとうございます。でも、大丈夫です。たぶん、私一人でやらないと効果がないと思うから」

　なぜ多恵が作る料理が瘴気《しょうき》を祓うのかはわからない。だが、多恵が作らないと瘴気を祓う効果が出ないのは確かなのだ。同じ料理を作っても、嘉川や他の人ではそういう効果は発生しない。それなら、多恵が一人で最後まで作るしかない。

　でも、力仕事は細腕には辛《つら》いものだ。次第に指にも力が入らなくなってくる。布巾の下に置いた深皿の中には黄色い艶《つや》やかな油が溜まりつつあったが、少しでも多くつくっておきたいところだ。

　煮込んだ鰯はまだたくさん残っている。せめて全部搾ってしまいたい。

（まだ、頑張らなきゃ）

　なけなしの気合を入れて搾ろうとしたところに、厨房の入り口からひょいっと見知った顔が覗《のぞ》いた。聖だ。

「おや、御館様《おやかた》。おかえりなさいませ。こんなところまでどうなさいましたか？　何か御入用なものでも？」

嘉川が和帽子をとって頭を下げるのを、聖は手で制する。

「いや、多恵が部屋にいなかったから探してた。やっぱりここにいたんだな」

聖はふわりと笑むと、厨房の中までやってくる。

「聖さん、お帰りなさい。そうなんです。思ったより時間がかかってしまって」

夕飯の支度前には終わらせる算段だったが、搾るのに手間取って既に周りでは料理人たちが夕飯の準備を始めている。すっかり邪魔になってしまって肩身を狭くしていた。

「そうか。多恵の腕では大変そうだな」

「はい、でも私がやらなくちゃ意味がないから……」

疲れを滲《にじ》ませないように笑みを返す。再び搾ろうとしたところで、聖が多恵のすぐ真後ろまでやってきたかとおもうと、多恵の魚油まみれになって魚臭い両手の上にそっと自らの手を重ねた。

「聖さん、油ついちゃいます！」

慌てて止めるが、聖は軽く苦笑するだけだった。

「多恵の手だって同じだろう。それに多恵が搾らなきゃ意味がないなら、こうすればいい」

聖は多恵の手を自らの手で覆うようにしたまま、布巾を搾った。多恵が力を入れずとも、多恵が一人で搾るよりもずっと多くの油が布巾からあふれ出てくる。

「わわっ、すごい」

「な？　この方が早く終わるだろう？」

「は、はい」

たしかに、多恵一人でやるよりもずっと早く終わりそうだ。でも、背中に聖の体温を感じる。包まれるような体勢でほとんど抱きしめられているのに近い。そのことに気づいて、多恵の顔が熱くなる。

そういえば傍に嘉川がいたはずなのに、と思って視線を巡らせると、気を利かせたのか嘉川は他の料理人たちの指導をしに竈の方へと行ってしまっていた。他の料理人たちもあえてこちらは見ないようにしている気配すら感じる。

多恵はますます顔を赤らめる。決してこの体勢は嫌ではないのだ。ずっとこうしていたい心地よさを感じつつ、心臓のドキドキが聖に聞こえてしまわないかと心配になった。

そうこうしている間にも、鰯はどんどん搾られてすっかり油は出なくなる。布巾の中の鰯を交換して、また搾るのを繰り返す。聖は一見細身だが、毎日剣の稽古《けいこ》を欠かさない腕はほどよく筋肉がついて逞《たくま》しい。

聖のおかげで残りの鰯からもあっという間に魚油を取り出すことができた。

もうちょっと鰯を用意しておけばよかったかな、なんてつい考えてしまう多恵だった。

数日後、聖は大学校の帰りに果物食堂《フルーツパーラー》に寄って計画のことを告げた。

柳田はその話を聞いたとき、そんなことをしたら化け猫の恨みをさらに買ってしまうんじゃないかと心配していたらしい。

柳田は帰宅途中に襲われたことを考えるあまり、またいつか襲われるのではないかと怖くて外に出るのも困難になってしまったという。

それで最近は果物食堂の裏にある従業員用の休憩室に布団を敷いて寝起きしているのだそうだ。

もちろん聖からもらった霊符を休憩室に貼っておけば室内にいる限り化け物の気配に悩まされることはない。しかし、外出できず買い物すらままならないため、店屋物の出前で食い繋《つな》ぐ日々なのだそうだ。

そんな生活も長くは続けられないと悩んでいたところだったらしい。聖が陸軍の特四でこの事案を正式に対処することになったと伝えると、柳田は悩んだ末に計画の実行を了承してくれた。

次の日の晩、いよいよ計画実行となった。

化け猫が憑いているとおぼしき古伊万里の大皿は、鷹乃宮家の蔵に置いたままになっている。

その大皿を箱から出して、鷹乃宮家の座敷の床の間に立てかけるようにして安置した。さらに数部屋離れた座敷に布団を敷き、そこに柳田に寝てもらうことに……とはじめは考えていたのだが、柳田にその話をしただけで恐怖のあまり顔面蒼白《そうはく》になり震えてうわ言を言い出したので急遽《きゅうきょ》計画を変更した。柳田と体格が比較的似ている大柄の大悟に代わりを務めさせることにしたのだ。

猫は元来、嗅覚《きゅうかく》が鋭い。そのため、柳田の浴衣《ゆかた》を大悟に着せて、その部屋で寝させることにした。

足側の隅に行燈《あんどん》を置き、多恵が作った魚油を小皿に注いで灯芯《とうしん》を半分沈める。灯芯の先に火を灯《とも》せば準備は完了だ。

多恵たちは物音が聞こえたらすぐに駆けつけられるよう、近くの部屋で待機した。

行燈の和紙にちらちらと小さな灯りの影が揺らめくだけの、静謐《せいひつ》に包まれた丑三《うしみ》つ時。音もなく、座敷の障子がすっと開いた。

行燈の灯りにのっそりと大きな影が映る。

それは、人間よりも一回り以上大きな二足で立つ獣だった。吊《つ》り上がった大きな瞳《ひとみ》は爛々《らんらん》と金色の光を帯び、逆立てた毛で身体は膨らんでいる。指の先には鋭く長い爪があり、横に裂けた口からは大きな牙《きば》が覗く。荒い息とともに口から黒い靄《もや》のような瘴気を吐きだしていた。

一歩二歩と音もたてず慎重に座敷の中に入ってくると、鼻を動かし中央に置かれた布団に目当ての獲物がいることを確認する。今にも飛びつこうと身をかがめてそちらへ脚を向けるが、途中で脚を止めた。

気になる匂いをみつけて、化け物は鼻をくんくんさせると、灯りの方へと視線を向ける。行燈から香ってくることに気づき、化け物は惹《ひ》かれるようにそちらに近づいて行った。

長い爪で行燈の和紙を破ると、灯芯に火の灯る油皿があった。灯芯の炎にゆっくりと温められて魚油が匂いたつ。

化け物はくんくんと鼻を動かし油皿に顔を近づけ、大きな口で器用に魚油を舐《な》め始めた。ぺちゃぺちゃという音が夜のしじまに響く。舐め始めると止まらなくなったのか、化け物が顔を横にして夢中になって長い舌で油を舐め取ろうとしたときだった。

布団に隠れていた大悟が起き上がり、ぱっと布団をはいだ。

「今や、いけ！」

『きゅる！』『きゅっ！』『きゅ〜』『きっ』

布団の下に大悟とともに隠れていた管狐が四匹。一斉に化け物の方へと駆けだす。四匹はそれぞれ、網の四隅を口に咥《くわ》えていた。風のような速さで化け物へと肉薄する。

『フーッ』

化け物が毛を逆立てて戦闘態勢になるが、相手が攻撃してくるよりも早く管狐たちは跳びながら連携よく網を広げ、化け物を網の中へと搦《から》めとった。聖の書いた霊符があちこちに結び付けられている対妖《あやかし》用の網だ。

『ギャアアアア』

化け物は悲鳴をあげて暴れ出す。必死に脚をばたつかせて網を払いのけようとするが、逆に網が化け物に自ら絡みついて拘束を強めていく。

大悟も軍刀を抜き、万が一、網から化け物が抜け出てきたときに備え警戒を忘れない。暴れた拍子に行燈が倒れて、油が零《こぼ》れ火が付いた。しかしそれも激しく転がる化け物の背中に揉《も》み消される。あたりは闇に包まれた。

しばらくバタバタという激しい音が聞こえていたが、それもやがて聞こえなくなる。

そこに近くの部屋で待機していた聖と庄治、多恵が手持ち行燈を持って駆け付けた。

「大丈夫か？」

障子を開けて第一声、聖が安否を尋ねると、大悟は軍刀を構えたままニッと笑う。

「ああ。なんや大人しくなったみたいやで。化け物はそっちの行燈のとこや」

夜目が利く大悟には、真っ暗闇の中でも化け物の姿が視認できているのだろう。

手持ち行燈の灯りを翳《かざ》しながら倒れた行燈の方へ近寄ると、そこには網に捕えられている真っ白な毛の大きな化け物が蹲《うずくま》っていた。

行燈の灯りに照らされて大きく吊り上がった目が金色に爛々と光る。

それは猫に似てはいたが、二つの金色の瞳は顔半分を占めるほどに大きく、裂けた真っ赤な口からは顎《あご》よりも長い牙が生えている。純白の毛を逆立てた身体は大悟よりも一回り大きいほどで、尻《しり》からは二本に裂けた尻尾《しっぽ》が生えていた。

「やはり化け猫のようだな。お前は肥前佐賀藩の化け猫か？」

網に拘束され、聖に血切丸を向けられながら化け猫はなおも歯をむき出して威嚇してくる。

『ハナセ！　ソノオトコハ、ワラワノシュクテキゾ！　アルジノカタキヲ、ウタネバナラヌノダ。ナゼジャマヲスル、コゾウ！』

「よく見ろ。そいつはお前の宿敵じゃない。俺の部下だ」

聖に言われて、大悟は化け猫に「おおきに～」と明るく手を振った。それを見て、化け猫は屈辱に目を光らせる。

『ワラワヲタバカッタナ、コゾウ！』

「お前が勝手に勘違いしたんだろう。そもそもお前の宿敵は、もう三百年も前に死んでいるだろうに、なぜいまごろ化けて出てきたんだ」

血切丸を向けたまま聖は淡々と語りかける。多恵と庄治はその後ろから、手持ち行燈を持ったまま様子をうかがっていた。管狐たちは、庄治の姿を見つけると嬉《うれ》しそうに彼のところへ戻ってきて我先にと肩に乗った。

化け猫はなおも低い唸《うな》り声をあげて聖たちを睨《にら》みつけていたが、

（瘴気《しょうき》が、抜けていく……）

多恵には、化け猫の口から吐き出されていた黒い靄のようなものがしだいに薄くなり、空気に霧散していくのが見えていた。

（私が作った魚油が効いたのかな）

聖たちにも見えていたのだろう。聖も刀を向けて警戒はしつつも様子を見守っている。

化け猫の鼻に寄っていた深い皺《しわ》が次第になくなっていく。唸り声も段々小さくなり、大きな目をぱちぱちと何度か瞬《まばた》きさせるとしゅるしゅると身体が小さくなっていく。

普通の猫ほどの大きさまで小さくなると、そこには純白の毛で耳の先と尻尾の先、脚の先が金色の毛に覆われた可愛らしい猫がいた。

白猫は金色の瞳で不思議そうに人間たちを一人一人見つめて、小首を傾げた。

『ここはどこじゃ？　なぜワラワは網に捕まっておるのじゃ？』

とても美しい猫だった。ただやはり、人語をしゃべれることと、尻尾の先が二股《ふたまた》に分かれたままなのを見るにつけ妖の一種ではあるのだろう。

もう、白猫の周りに黒い靄は一切見えない。完全に抜けたようだ。

聖は血切丸を腰に下げた鞘《さや》に仕舞った。もう警戒する必要はないということだ。猫に近づくと片膝《かたひざ》をついて網をどけてやり、白猫に尋ねる。

「事情を知りたいのはこちらも同じだ。まずは名を尋ねたい。お前は何という名だ」

白猫は金色の瞳で瞬きしたあと、しばし考えてから顔をあげて聖に応《こた》える。

『金花《きんか》。金の花と書いて金花じゃ。……ワラワは、どうしてたんじゃ。何も思い出せぬ』

へたっとその場に人間のように座り込み、金花は悄然《しょうぜん》としている。

そこにはもう、先程までの化け猫然とした面影は微塵《みじん》もなかった。

「とりあえず、こちらで把握してることは伝える。そちらもわかる範囲でいいから話してくれ」

聖の口調も相変わらず淡々としてはいるが、いくぶん硬質さが薄れていた。

聖の後ろから様子をうかがう多恵にも、しゅんとして項垂《うなだ》れる小さな白猫の金花が哀れに思えてくる。

たしかに大きな化け猫は恐ろしいが、目の前の金花からは嫌な気配はまったく感じられなかった。そこで、ふと思いたつ。

「そうだ。お茶にしませんか。ちょうど、夜食にとサンドウキッチを作っておいたんです。あ、猫さんは魚の方がよかったの……かな？」

よく考えたら庄治の管狐たちだって、人間の食べるものは何でも食べている。動物の姿をしていても妖なのだから、普通の動物とは違うのかもしれない。

「サンドウなんとかって何なん？」

大悟が軍刀をしまった鞘で肩を叩《たた》きながら尋ねてくる。多恵が答える前に庄治が口を開いた。

「知らないのか？　最近、流行している食べ物だよ。薄切りのパンの間に、ハムや卵を挟んだものだそうだ。……僕も食べたことないけど」

「なんやお前もないんかい。またあれやろ。雑誌で見たけど一人で食べに行く勇気ないから」

「お前はいちいち、うるさいなっ。僕は、お前みたいに食えるものならなんでもいいわけじゃないんだ！」

大悟と庄治は相変わらず、いつもの軽口の応酬をはじめた。

聖はやれやれと肩をすくめると、金花に向き合う。

「サンドウヰッチ食べにくるか？　多恵のつくる料理はどれも美味《うま》いぞ」

金花はまだ、不安そうに聖と多恵をおろおろと見比べて、尻尾をいじりながらもじもじしている。

『よ、よいのか？　うっすらと思い出してきた。ワラワはオヌシらを襲おうとしたのじゃな。それなのに……』

多恵はにこりと笑みを向ける。

「はい。ぜひどうぞ。いっぱいつくったからどんどん食べてください」

話しづらいことも、美味《おい》しいものを食べながらなら話しやすくなる。知らない者同士も食卓を囲めば、距離が近づく。美味しい食べ物にはそういう不思議な力があると多恵は思うのだ。

場所を聖の自室に移して、金花が応接椅子にちょこんと座る。隣に大悟、向かいに多恵と聖が腰かけた。庄治はいつものように聖の隣に立って控える。

応接椅子の間の低卓《ローテーブル》には、多恵が作ったサンドウヰッチが洋皿に並んでいる。

パンは嘉川に頼んで買っておいてもらったものだ。それを薄く切って、中にカスタードクリームと苺《いちご》を挟んだ。作り方は、柳田が昨日、化け物の件でお世話になるからせめてお礼にと果物を沢山もってきてくれたときに聞いたものだった。柳田はこれくらいしか役に立てないからと言って、その場でクリームの作り方なども詳しく教えてくれたため、お店の味とほとんど変わらないものを作ることができた。

「あ、これ、めっちゃ美味い！」

大悟はほとんど一口でぺろりとサンドウヰッチを食べてしまう。

庄治もサンドウヰッチを手に取るが、足元で四匹の管狐たちが物欲しそうに後ろ脚立ちになるので、一口食べたらすぐに管狐たちに交互に食べさせていた。管狐も苺サンドウヰッチが気に入ったようで、もっとほしいとねだっている。

多恵も手に取って口に運ぶ。さっくりとしたパンの食感と、ふわりと甘いクリーム。それに瑞々《みずみず》しい苺の甘酸っぱさが調和して、食べていると幸せな心地になってくる。

聖も、

「すごいな。店で食べたのと変わらない味だ」

と褒めてくれたので、多恵は笑みを零した。

「柳田さんが、こまかく教えてくださったんです。それに柳田さんの果物食堂《フルーツパーラー》の苺は本当に甘くて大粒で美味しいですよね。ほかの果物を挟んでも美味しいそうです。今度作ってみますね」

金花はというと、苺サンドウキッチを手にしてじっと眺めている。

「お嫌いですか？」

多恵が心配になって尋ねると、金花はふるふると頭を横に振った。

『ワラワは、あの果物食堂が好きなんじゃ。なのに、なんであんなことしてしもうたのか……』

金花はぽつぽつと語りだした。

やはり金花はあの肥前佐賀藩の大皿に取り憑《つ》いていた化け猫だった。しかし、とうに復讐《ふくしゅう》は果たしており、もう怨念《おんねん》は残っていない。たまに様子見に外へ出かけたりする他は、大皿の中で大人しくしていた。

ところがある日、果物食堂の蔵の中で話す男性二人の声が聞こえてきた。気になって耳をそばだてると、柳田と前の店長の二人が言い争っている。

柳田は銀行から出向して果物食堂を立て直す際、金づかいがあまりにだらしない前店長をあの蔵に呼び出してたびたび注意をしていた。他の従業員たちの目につかない場所で指導していたのだ。

しかし、蔵の中に安置されていた大皿の中で金花はそれを聞いていた。

柳田は果物食堂を立て直そうと必死だったのだろう。勝手に金を使い込む前店長をときには強く叱責《しっせき》することもあったという。

『それを聞いているとな。なぜか、身体の芯《しん》がむかむかして収まりがつかなくなってきたんじゃ。そのうち柳田が憎くてたまらなくなった。柳田が新しい店長になったと知ったとき、あいつが前の店長を無理やり追い出したんだと思ってしまったのじゃ。そうしたら、昔、ワラワが慕っていた殿様が藩を追い出されたときのことと重なってしもうてな。怒りで我を忘れてしまっておった。めんぼくない。でもなぜそこまで怒りに支配されて柳田を襲ったのか、自分でも訳がわからないのじゃ』

金花はしゅんと肩を落とす。

「訳がわからない、か。金花が行燈《あんどん》の油を舐《な》めたあと、かなりの量の瘴気が身体から抜けていくのが視えた。おそらくそれが原因だろうな」

聖は二個目のサンドウヰッチを手に取って食べ始める。気に入ってもらえたようだ。

「多恵がつくったものは、なぜかはわからんが瘴気に囚《とら》われて暴走する妖《あやかし》や霊どもから瘴気を抜く効果があるんだ」

『瘴気か』

「最近、帝都のあちらこちらで、瘴気が濃くわだかまっているのを見かける。そのたびに散らしてはいるが、あまりに数が多くて散らしきれない。そういうのに、心の不安や心配を抱えた状態で近づくと取り込まれてしまうんだろうな。どうもここ一、二年で瘴気の量が明らかに増えているように思う」

「そのせいで、オレら特四の仕事も大繁盛やな」

と大悟。金花は両手で抱えるようにしているサンドウキッチに小さな口でかぷりとかぶりついた。もぐもぐしたあと、ほうっと息をつく。

『ほっとする味じゃな』

化け猫とサンドウキッチとはなんとも妙な取り合わせだが、お気に召してもらえたなら光栄だ。

「柳田さんのところの果物は、絶品なんです」

多恵が言うと、金花はこくりと頷《うなず》いた。

『ずっと店を見ていたから知っておる。あの店に毎日沢山の人間が美味しい果物を求めてやってくるんじゃ。柳田には申し訳ないことをしたな』

「もう襲わないか？」

聖に問われ、金花はサンドウキッチを抱きしめたまま応接椅子の上に立ちあがる。割れた尻尾《しっぽ》がぴんとたった。

『当り前じゃ！　むしろ、詫《わ》びにこれからは柳田とあの果物食堂を守っていきたいと思ってるくらいじゃ。ワラワもあの店が大好きなのじゃから。それに！　お主らにも迷惑をかけたな。ワラワは武家の猫じゃ！　恩は必ず返すのが誇り！　お主らにもいつかこの恩を返させてほしいのじゃ』

恩と言われても、多恵はいまいちピンとこない。多恵は魚油やサンドウキッチをつくったただけだし、聖たちにしたって瘴気《しょうき》で暴走した妖をなんとかするのは仕事の一環だ。

それでも、金花の気持ちを無下にするわけにもいかないので、聖は「好きにすればいい」とだけ答えた。


翌日、聖と庄治が古伊万里の大皿を持って果物食堂を訪れ、化け猫の怪異が去ったことを柳田に告げた。

柳田はいたく喜んでいたそうで、後日、抱えきれないほどの果物をお礼にと言って届けてくれた。元気になった柳田は張り切って仕事に勤しむようになり、果物食堂はますます繁盛しそうだった。

多恵としても、季節の果物や珍しい果物が手に入るようになり、次はどんなお菓子や料理を作ろうと考える楽しみも増えた。

一方、金花はというと、あれ以来、ちょくちょく鷹乃宮の屋敷に来るようになっていた。屋敷の庭で散歩していたり、縁側で昼寝しているのをよく見かける。

本人は、

『聖殿や多恵殿を守るために、巡回しとるんじゃ』

と言い張るが、どう見てもただ庭に遊びに来ているようにしか見えない。

そのうえ金花が来ることで困ることもあった。

多恵が庭を歩いていると、進む先の庭石や小道の上に小動物の死体がたびたび置かれているのだ。

今朝も朝食の前に爽《さわ》やかな空気を吸おうとキヨを連れて庭を散歩していたら、飛び石の上に小さな鼠の死体が置いてあるのを見つけた。

「きゃー！　また、あの猫の仕業ですねっ！　まったく、迷惑なんだから。あああ！　奥様、触らないでください！　私が片付けますから！」

キヨが半分悲鳴交じりに言いながら屋敷の方へと小走りに戻っていく。おそらく下男を呼びにいったのだろう。

庶民の出の多恵にとって鼠の死体を片付けることくらいどうということもないのだが、侯爵家の奥方は鼠の死体をひょいっと摑《つか》んで土に埋めたりしてはいけないらしい。

仕方なくキヨが戻ってくるのを待っていると、近くのツツジの木の陰から金花がのっそりと出てきた。

『なんじゃ、ワラワがせっかく獲《と》れたてを持ってきてやったというのに。美味《おい》しそうだったじゃろ？』

多恵の前にちょこんと座ると、二つに分かれた尻尾をゆらんゆらんさせる。

「人間は鼠は食べないんですよ。お気持ちだけいただいておきますね」

人間にとっては迷惑極まりないが、金花は礼のつもりなのだ。たしかにさっきの鼠は小ぶりながらも丸まるとしていた。

金花はふぅんと鼻を鳴らす。

『人間はなんでも食うと思うとったが、鼠を食べぬとは変わっておるのぉ』

前脚をあげて、ぺろぺろと舐め始める。

ちなみに、キヨのような屋敷の者たちにも金花の姿は見えてはいるらしい。ただ、化け猫然とした二つに割れた尻尾は彼らには一本に見えるようで、キヨも金花のことは普通の野良猫だと思っている節がある。

多恵がしゃがんで金花を撫《な》でると、金花は気持ちよさそうに目を細める。しばらくなされるがままに撫でられていたが、何かを思い出したように金色の目を開いて多恵を見上げた。

『そうじゃ。庭を散歩していて、妙なものをみつけたのじゃ』

「妙なもの、ですか？」

金花は多恵の手をするりと抜けて、庭の奥へと身体を向ける。

『あちらのはずれにぽつんと立っておる蔵があるじゃろ。なにやら聖殿が術をかけておるところじゃ』

「聖さんが？」

鷹乃宮家の蔵は庭の隅に固まって何棟も立っているが、一つだけ離れたところに立っている蔵があった。用事がないのでそちらに近づいたことはなかったが、金花が示す方向からいくとその蔵のことだろうか。

『がっちがちに封印をほどこしてある、あの蔵じゃ。あそこはなぜか瘴気の名残があるからワラワも警戒して調べておったのじゃが、何やら妙な気配を感じる部分があってな。あれは何じゃ？』

「妙な気配ですか？」

『聖殿の術の匂いならワラワにもわかる。じゃが、それに重なってよく似た別の者の術の匂いを感じるんじゃ。一応伝えておこうと思ってな』

いまいち何のことを言っているのかわからないが、聖なら何か知っているだろうか。

鼠の死体の片づけのため下男を連れて戻ってきたキヨにその場を任せ、多恵は金花を抱いて屋敷に戻る。

そして、大学校の制服に着替えてでかける準備をしていた聖にそのことを話すと、彼の表情が一変した。

「あの蔵に、俺以外の者が術を？」

聖が強張《こわば》った表情で多恵に抱かれている金花に尋ねる。

『間違いないぞ。ワラワとて無駄に三百年も妖をやっておるわけじゃないからの。そういうことには敏感なんじゃ』

「……確かめてみる」

いつもならもう家を出ている時間だったが、玄関で待っている馬車の御者にもうしばらく待つよう伝え、聖は例の蔵へと向かった。多恵も金花を抱いてついて行く。

その蔵は敷地のはじにぽつりと立っていた。

白壁に蔦《つた》が絡み、右半分を覆っている。

他の蔵との違いは一見それだけなのに、なぜか近寄りがたさを感じた。

多恵は前を歩く聖の背中に目を向ける。彼が腰につけている鷹乃宮に代々伝わる血切丸。この妖刀《ようとう》は鞘《さや》に入れていてもなお禍々《まがまが》しい気配を漂わせている。多恵はこの刀を見るたび不安な気持ちに襲われるのだが、この蔵からも似たような不吉なものを感じた。

聖が自室から持ってきた鍵《かぎ》で蔵の錠前を開ける。他の蔵の鍵は屋敷の家令が管理しているのに、これだけは聖自ら保管しているのも不思議だ。

閂《かんぬき》を抜いて両開きの厚い鉄扉を押し開けると、中からひんやりとした空気が流れ出して身体を撫でてくる。この蔵には小窓すらないため、中は真っ暗だ。

聖が壁のスイッチを押すと、蔵の天井につけられた裸電球の明かりがともり、室内を照らした。

中は空っぽで、置いてあるものは何もない。外気は春の陽気であたたかいのに、蔵の中に一歩足を踏み入れるとしんとした冷たさが足元から這《は》い登ってくるような感覚があった。

「ここは、二年前に失踪《しっそう》した父が使っていた蔵だ。ここで父は妖《あやかし》を切り刻み、おぞましい実験を繰り返していた」

端整な顔を歪《ゆが》めて、忌々しさの滲《にじ》む声で聖は語る。

多恵も、振袖《ふりそで》火事事件の際に火が出た洋館で聖と対峙《たいじ》していた、壮年の男を思い出していた。細身で白髪だったが、聖とよく似た面影を持つ男だった。彼こそが、聖の父の鷹乃宮司《つかさ》だ。

司は二年前のある日突然失踪した後、ぱったりと音沙汰《おとさた》もなかったが、振袖火事事件の際にその裏で暗躍していた司の存在を聖は突き止めていた。

あと一歩のところで捕まえることは敵《かな》わなかったが、いまもどこかで妖の事件を起こしているのだろうか。優秀な陰陽師《おんみょうじ》だったという彼がなぜ妖たちを切り刻み、現在もなお利用しようとしているのか、多恵には皆目見当もつかなかった。

いまは血の匂い一つしないこの中で、どんなことが行われていたのかと想像するだけで肝を冷やす。

多恵に抱かれていた金花が、腕からするりと抜け出して音もなく床に降り立った。

『なるほどのぉ。これはお主の親父殿の気配かの。薄皮一枚被《かぶ》せたみたいにごく少ない術で巧みに隠しているようじゃから、ワラワみたいに壁際を歩きでもしないと気づくまいて』

金花はとことこと蔵の中を迷いのない足取りで歩いていくと、左奥の壁の前で立ち止まり前脚で壁を指示した。

『ほれ、ここじゃ。このあたり、何かあるぞ』

聖も金花の隣に行き、そっと壁に触れると驚いたように目を見開いた。

「……なぜ、気づかなかったんだ。こんなところに結界が張られてるなんて」

悔しそうに唸《うな》り、一歩下がって血切丸を鞘から抜く。美しい所作で血切丸を掲げ、壁の前を上段から袈裟《けさ》斬りにするように払った。

壁の前の空間に大きな亀裂が走ったかのように見えた次の瞬間、パリンと音をたてて何かが砕け散る。まるでそこに一枚大きな硝子《ガラス》板が嵌《は》めてあって、それが砕けたような音だった。

薄氷のごとき結界が割れたあと、それまで何もないように見えた土壁に、人の背丈ほどもある埋め込み型の本棚が姿を現わした。

「何ですか、これ……」

「父の、司の残したものだと思う」

異様な光景だった。棚には交差するように何本も黒い縄がめぐらされ、縄には黄ばんだ紙に朱色で梵字《ぼんじ》を書きつけた霊符が無数に貼られている。縄のうちの数本が切れて垂れ下がっていた。血切丸で斬りつけたことで封印が解けたのだ。

棚の中には古い和綴《わと》じ本や英語で書かれた西洋の本、漢字だけの中華の本など様々な本が並べられていた。普通の本でないことは多恵にもすぐわかる。本自体から瘴気《しょうき》が立ち昇っているかのように、黒い靄《もや》のようなものが纏《まと》わりついている。決して触れてはならないと感じる不吉さが漂っていた。

うすら寒さを覚えて一歩後ずさる多恵だったが、聖は血切丸で残りの縄もすべて切り落とすと、刀を鞘に仕舞って一冊を手に取った。血がべったりとついたような赤黒い大きな染みのある本だ。背表紙には墨で『地獄の門についての考察』と書かれていた。ぱらぱらと頁を開いて聖はその場で読み始める。

金花は爛々《らんらん》と目を輝かせ興味津々な様子で本棚を覗《のぞ》いた。

『禁書、いや外法の書の類《たぐい》じゃな。お主の親父殿はなぜこんなものを封じて残したんじゃろうの』

「わからん。あいつの考えることなんて、少しも理解できない」

いつもより乱暴な口調で聖は言い捨てながらも、目は本に釘付《くぎづ》けになっている。

金花は、フフフと笑みを零《こぼ》した。

『ワラワには、わざとここに残していったように思えるの。まるでお主に読んでほしくて置いていったみたいじゃ』

それ以上、聖はもう何も答えずにしばらく黙々と読みふけっていた。

それからというもの、聖は自室に持ち帰った蔵の本を夜遅くまで読みふけるようになった。聖の執務机の上に重ねられたそれらの本は、多恵にとっては見ているだけで不安を覚えるものばかりだ。

聖はそれらの本を読み進めながら何かを熱心に調べているようだった。

夜遅くまで調べ物をする彼のために、多恵もより一層気合を入れて夜食をつくる。彼のためにできることは、いまはこれくらいしかないのだから。

でも料理しながらいつも思うのだ。もっと彼に喜んでもらえるように彼の好きなものをつくってあげられたらいいのにな、と。

その気持ちがやがて事態を大きく動かすことになるとは、このときはまだ予想すらしていなかった。

第三章 ✦ 神隠しと柏《かしわ》餅《もち》

夕闇迫る黄昏《たそが》れ時。

神社の境内で近所の子どもたちがかくれんぼをしていた。おさがりの着物をきた子どもたちはいっせいに境内に散っていく。

「もういいかい」

鳥居に顔を伏せた鬼役の少年が声を上げた。

「もういいよー」

「もういいよ！」

隠れた子どもたちから次々と声が上がる中、髪を二つくくりにした少女はまだ隠れる場所をみつけられないでいた。

（どこにしよう。どこにしよう、はやく隠れなきゃ）

狛犬《こまいぬ》の後ろがいいかと駆け寄ってみるが、そこには友達の男の子が既に隠れていた。もう一人隠れられるような場所もない。

（別の場所をさがさないと）

参詣者《さんけいしゃ》が手を洗うための手水舎《ちょうずしゃ》へ走って行くも、その裏にも幼馴染《おさななじみ》の女の子が隠れている。

「もういいかーい！」

鬼役の少年が再び聞いてくる。声にはいらだちが感じられた。周りからは「もういいよー」の声が返る。

少女は慌てて、

「ちょっと待って、あと少し！」

きょろきょろと辺りを見回すと本殿の裏手に小さな倉庫があるのが目についた。

この神社にはしょっちゅう遊びにくるので、倉庫に鍵がかかっていないことも知っていた。

前はその中に古い賽銭《さいせん》箱が入っていたが、少し前に大人たちがどこかへ持っていくのを見た覚えがある。

(それなら、いま、あの倉庫の中は空いてるはず)

少女は本殿の裏手へ駆けていくと、両手で引き戸を開けた。

思ったとおり、倉庫の中には掃除道具がいくつか入っているだけで少女が隠れるくらいの隙間は充分にある。

少女は倉庫の中に身を隠して、戸を閉めながら「もういいよー！」と声を返した。

(きっとここなら見つからない。みんな倉庫の中に隙間があるって知らないはずだもん)

しゃがんで息をひそめ、どきどきしながら鬼に探されるのを待っていた。

だが、いくら待っても探しにくる気配がない。見つけられないにしても、足音や声など聞こえてもよさそうなものなのに、倉庫の外はしんと静まり返っている。

(もしかして、みんな帰っちゃったの?)

見つけられなくて、諦《あきら》めて帰ってしまったのだろうか。それとも忘れられたのかもしれない。そう思うと急に心細くなってくる。

かくれんぼをはじめたときには、もう空は赤く染まり藍色《あいいろ》へと変わり始めていた。そろそろ帰らないと親に叱られてしまう。

不安と心配で、少女は倉庫の戸を僅《わず》かに開けて外をのぞき見た。

(みんなどこに行ったんだろう)

戸の隙間から外が見える。夕焼けに赤く染まる境内。静寂に包まれており、ひとっこひとり見えない。いや、普段なら聞こえる小鳥の鳴き声や虫の声すら聞こえてこない。

心細さが増して、少女は戸を大きく開いた。

「みんな!　どこいったの!?」

そのとき、少女の前に大きな影が立ちふさがる。どこから現れたのか、男が少女を通せんぼするかのように目の前に立っていた。しかも、戸を閉められないように手で押さえられている。

「ひっ……」

驚きと恐怖に少女は喉《のど》を鳴らし後ずさるが、すぐに倉庫の壁に背中がぶつかる。逃げ場はなかった。黄色い歯でにたにたと笑う男の口元だけが鮮明に見える。肩に何か大きな袋のようなものを背負っているようだ。男の手が少女に伸びる。

「きゃああああああ!!」

少女の悲鳴が境内にこだました。


少女の声は神社の近隣に住む者たちの耳にも届いていた。近所の男たちが何かあったのかと急いで駆け付けるも、境内には誰の姿もなかった。

ただ、本殿の裏にある掃除用具などを入れておく倉庫の戸が開いており、そこに小さな草履が片方落ちていた。

子どもたちは、境内でかくれんぼをしていたら少女がいつの間にかいなくなっていたと大人たちに話した。

田舎の集落だ。知らない人間や怪しい者がうろついていれば、すぐに誰かが気付くだろう。だが不審者を見た人は一人もいなかった。

にもかかわらず、少女は悲鳴を最後に忽然《こつぜん》と姿を消してしまったのだ。

人々は『隠し神』に攫《さら》われたのだとささやきあう。

「黄昏れ時には気をつけるんだよ。隠し神が攫いにくるかもしれないからね」

だから遅くならないうちに早く帰っておいでと、親たちは我が子を戒めるのだった。

近衛《このえ》師団の駐屯地は、お堀の近くに置かれている。

怪異・妖《あやかし》事件を調査討伐する対怪異部隊である近衛第四特殊師団、別名「特四」もその中にあった。


特四自体が少数精鋭の部隊だが、聖が所属する小隊は小隊長の聖のほかには大悟と庄治しかいない総勢三人のもっとも小さな隊である。そのため、与えられた執務室も一番小さな部屋だ。

しかしそれでも、机三つ置いてもまだ充分に広い。学生の身分である自分には過ぎた待遇だと聖自身は思っている。

いま、執務室にいるのは聖と庄治の二人だけだった。

庄治はずり落ちそうになる眼鏡を時折直しながら、書類づくりに勤しんでいる。

大悟は走り込みに行ってくると言って出て行ったまま帰ってこない。机上の仕事が苦手なので、駐屯地内のどこかで鍛錬に励んでいるのだろう。聖の知らないうちに他隊に力仕事の助っ人として駆り出されていて、あとで「ずいぶん助かった」「またよろしく頼む」と礼を述べられることもよくあった。

部屋の隅には大悟が持ち込んだ金属製の大きな重りが積まれている。人間離れした腕力を誇る大悟には部隊から支給される訓練用の重りなど何の負荷にもならないらしく、彼が鍛錬に用いるのは特注製の金属重りだった。

鷹乃宮家が平安時代に調伏した鬼の統領・酒呑童子《しゅてんどうじ》の子孫が大悟だ。とはいえ、あまりに飛び抜けた身体能力の高さに、あいつは鬼の先祖返りなんじゃないかと思うこともある。

部屋の隅にある重りは、正直言って邪魔ではあるのだが、大悟本人でないと移動できないのでそのままにしてあった。最近では庄治の管狐たちがその上で何匹か固まって寝ているのを見かける。見晴らしがよくて気に入っているようだ。

執務室にはそんないつもの景色が広がっていたが、聖は肺の中の重たい空気を追い出そうとするかのように深いため息をついた。

聖の執務机の上には、父・司の蔵から持ってきた本が置かれている。『地獄の門についての考察』と題された本だ。それは司自らが記した本だった。

あの蔵には和書、洋書、清《しん》国の本などが合わせて二十三冊あった。平安時代や鎌倉《かまくら》時代のものを写したと思われる本も多くあり、どれも歴史の闇に葬られた禁書扱いだったもののようだ。決して表に出してはいけないと但し書きがされているものも何冊かあった。

鷹乃宮家自体が平安時代から続く旧家である。それらの書物が、もともと屋敷の蔵書の中にあったものなのか、それとも司が独自に集めたものなのかはわからない。

ただ、そこに書かれていたことは、幼い頃から司に陰陽術《おんみようじゆつ》の手ほどきを受けてきて、陰陽師の大家として名を知られる鷹乃宮家当主の座に就いている聖ですら知らないことも数多くあった。

『地獄の門についての考察』の頁をめくる。もう何度読んだかわからない。しかし、何度読んでも書かれた内容に打ちのめされそうになる。

地獄の門……というもの自体は聖自身も以前から知ってはいた。

隣国、清国に古くから伝わる伝承の一つだ。鬼月と呼ばれる旧暦七月ごろ、地獄の門が開いて地獄から亡者がやってくる、と考えられている。

我が国でいう盆に類似したものともいえるが、盆は仏教の盂蘭盆《うらぼん》の思想を受け継いだものであるのに対して、かの国の鬼月は道教の考え方を強く継いでいる。

そのため、盆では祖先や親しい者の霊が帰ってくるとされるが、鬼月では身寄りのない彷徨《さまよ》う魂たちが人の世に出てくると考えられているそうだ。だから、それら彷徨う魂が悪さをしないようにもてなして、再び地獄に帰ってもらうのがあちらの風習らしい。

道教の考え方によると、鬼月に地獄の門はわずかに開くものの鬼月の終わりには再び閉じるのだと言い伝えられている。そのため、人の世に出てくる亡者の数はそれほど多くはなく、再び門の中へと帰ってもらえるなら問題にはならないとされている。

蔵の中の本はどれも、この地獄の門が我が国にも存在していたことを強く示唆していた。

平安時代のある時期に出没した地獄の門は彼《か》の国のものと違い、自然に閉じることがなかったという。閉じないどころかどんどん開き続けて全開に近づき、開けば開くほどに大量の魑魅魍魎《ちみもうりょう》があふれ出てきたそうだ。

実際、都の外では鬼や土蜘蛛《つちぐも》が根城を築いて暴れまわり、都では魑魅魍魎どもが夜な夜な百鬼夜行をおこなっていた。飢餓や火事で多くの死者も出ている。

そこで朝廷は安倍晴明《あべのせいめい》を筆頭にした陰陽師団を組織し、地獄の門の閉門を命じた。安倍晴明は多数の強力な式神を召喚して、ほかの陰陽師たちとの協力の元、扉を閉じるのに成功したのだという。鷹乃宮家は安部家の流れを汲《く》む家だ。つまり、聖は子孫ということになる。

ここまでが蔵にあった数々の書物から読みとれる事柄だった。

問題は、司が残した『地獄の門についての考察』だ。

帝都において近年、瘴気《しょうき》を異常に纏《まと》った妖や魑魅魍魎の怪異事件が多発している。特四の出動件数は増える一方だ。

それについて、司はかつて特四に所属して数多くの怪事件に対処した経験から、帝都よりさほど遠くない地点に地獄の門が出現しており、平安時代同様にその扉が開き続けている可能性を本の中で指摘していた。

そこから漏れ出る瘴気が帝都にいる妖や魑魅魍魎たちを凶暴化させているというのだ。

もし門が本当に存在して、開き続けるのをそのままにすれば妖どもの凶暴化がますます進むだけではなく、本来地獄にしかいない邪悪な存在までもが人の世に出てきてしまいかねない。

（父は……司はそれを食い止めようとしていたのか？）

地獄の門が本当に存在するとして、その門を閉じるためには門の場所を特定することと、門を閉じることができるほどの強い力をもった式神が必要だ。

場所については本の中にいくつかの候補が書かれていた。しかし、そのどれもが他の華族の所有する土地内にあった。

しかも運悪く、それらの家は特四とも鷹乃宮家とも対立する派閥の華族たちだ。鷹乃宮といえど、おいそれとは手が出せない。そのため、司もそれ以上は調査ができなかったようだ。

本には司が行っていた実験の数々も詳細に書かれていた。

妖から瘴気を分離する実験や、瘴気を妖に憑かせて人為的に凶暴化させる実験、瘴気を使って妖を支配する実験など。聖が幼いときに目にした実験もその中に含まれていたが、いまになってようやく司がやっていたことの意味が理解できた。

（司は、自らの手で強大な力を持つ式神を作り出そうとしていたんだ）

その延長線上にあるのが、先日の振袖《ふりそで》火事事件なのだろう。あの事件では振袖火事の伝承を基に、司は梅乃《うめの》の魂を、大火を操る凶暴な妖に変化させようとしていた。

（あいつはまだ実験をくりかえしていたんだ。そしてその実験は着々と実を結びつつあ

る）

となると、いまなお、さらなる凶悪な妖を作り出そうとしている可能性もあった。

（もしそれで地獄の門を閉じられるなら、あいつの行動は間違いではないのか？　いや、でも）

聖はゆっくりとかぶりを振る。

司のやり方には容赦というものが全く感じられない。目的のためならば、どれほどの妖を犠牲にしても、どれほどの市民に被害が出ても構わないという非情さを強く感じるのだ。振袖火事事件にしても、一年以上にわたって帝都各地で火事を起こしたことで死者もけが人も相当数出ている。到底、放っておくわけにはいかなかった。

（どう考えても、目的に囚《とら》われて暴走している。これ以上被害を見過ごすわけにはいかない。なんとしても、あいつを止めなければ）

そう決意を新たにしたところで、聖は名前を呼ばれて顔を上げた。

目の前にはいつの間にか庄治が立っていて心配そうにこちらを窺《うかが》っている。

「大丈夫ですか？　お疲れでしたら、少し休まれた方がよろしいのではないですか？」

庄治の手には書類の束が握られていた。先ほどまで書いていた報告書が書き終わって決裁印をもらいに来たようだ。聖はそれを受け取り目を通す。

「大丈夫だ。ちょっと考え事していただけだから」

庄治がもってきたのは、隠し神事件に関する報告書だった。

隠し神事件とは、最近帝都で多発している行方不明事件の総称だ。被害者は若者や子どもばかりで、夕方たまたま被害者が一人になった瞬間を狙われることが多かったことから、『隠し神』と呼ばれる妖《あやかし》が人を攫《さら》っていると噂され恐れられるようになっていた。特四も他の小隊と協力して事件を追っているが、目撃者がほとんどおらず調査は難航している。

事件の現場は繁華街の裏路地や、長屋の井戸端など、人の出入りが多い場所も少なくない。にもかかわらず、人通りが途切れたほんの一瞬の隙に人間が消えてしまうのだ。しかも攫われた瞬間だけでなく、被害者を連れて立ち去る不審者すら目撃情報はほとんどなく、あっても信ぴょう性の薄いものばかりだった。

被害者は文字通り神に隠されたかのように忽然《こつぜん》と消えてしまうのだ。

そのとき執務室のドアが勢いよく開いた。そちらを見なくてもわかる。大悟が戻ってきたのだ。

「ひじりー。ちょっといいかぁ？」

「お前、呼び捨てにするのは、せめてドアを閉めてからにしろと何度も言ってるだろう」

共に士官学校で学友時代を過ごした馴染《なじ》みとはいえ、軍の内部では規律を守ってほしいものだ。まだ苦言を続けようとする聖だったが、大悟は意に介した様子もなく大股《おおまた》でこちらにやってくる。

「聖、言付けや。なんや葵《あおい》少将が呼んでるから、いますぐ来いって」

聖はすぐに師団長の執務室へと出向いた。ドアをノックすると、中から声がかかり聖は室内へと入る。

葵は、補佐官もつけず一人で窓辺に立っていた。頭頂に髪はなく、口元には立派な髭《ひげ》が生えている。ピンと髭先が上を向くカイゼル髭というやつだ。

聖よりも背は低く小柄な御仁だが、ぎょろりとした目は常に厳しく周りに向けられている。三階にあるこの部屋からは、練習場で訓練している兵士たちが良く見渡せるはずだ。訓練の様子に目を光らせているのだろう。

「失礼します」

聖がそばへ寄ると、葵は髭をしごきながらこちらに顔を向ける。

「ああ、来たか、鷹乃宮中尉。まぁ、座りたまえ」

応接椅子に座るよう勧められる。とはいえ、聖より階級の高い葵が座るまで聖は座ることができない。向かいの椅子に葵がどっかりと座ったのを見計らって、聖も浅く腰掛けた。

葵は応接机に置かれていた灰皿を手元に引き寄せ、軍服の胸ポケットから銀製の煙草入れを取り出す。そこから一本の紙巻き煙草を手にして咥《くわ》え、燐寸《マッチ》で火をつけた。苦《にが》そうに顔を歪《ゆが》めて煙を吐き出す。

聖にも煙草入れを差し出されるが、丁重に断った。

正直、煙草も酒も好きではない。どちらも鼻や味覚といった五感が鈍るので苦手だった。

ひとしきり煙草を吸ってから、葵は話し出す。

「お前が先日提出した意見書な。あれは、上層部に却下された」

「……すべて、ですか」

「ああ、全部だ」

先日の意見書は『地獄の門についての考察』を基に提出したものだった。

司が本の中で示した地獄の門が発生している可能性のある候補地点のうち、いくつかは聖が特四として働くうえで把握していた妖の変異が頻発する地域と重なっていた。

しかし他の華族の所有する土地内にあったためいままで立ち入りができないでいる。

そこに特四として調査をさせてもらえないかと打診したのだが、すべて却下されたようだ。

聖は膝《ひざ》に置いた拳《こぶし》をぎゅっと握る。

（いま、そんなくだらない勢力争いをしている場合じゃないんだ）

鷹乃宮家のような旧家には、関西より西の地域に強い影響力を持つ家が多い。それに対して都が江都、いまの帝都がある場所に置かれてから勢力を伸ばした新興華族には東側に多く領地を持ち影響力を強めてきた家が多い。その二つの勢力は表立って対立することはないものの何かにつけ反目しあってきた。

特四には鷹乃宮家ほど歴史のある名家でないにしろ、多かれ少なかれ陰陽師《おんみょうじ》や山伏、密教の高僧などを祖にもつ家柄が多い。目の前の葵も、関西のとある神社にゆかりを持つ華族出身だ。

西側の者が多い特四に、東側の出の華族たちは協力したくないということなのだろう。

「お前からの意見書を見たとき驚いた。鷹乃宮少将が降格させられたとき、注目していた土地と同じだったからな」

葵の言葉に、聖は驚いて目を見開く。

「父が……」

鷹乃宮少将、つまり父の司はかつて特四の副師団長についていた。しかし、内部の調整を経ることなく勝手に軍を動かし、それが問題視されて降格させられたのだ。軍を動かしてどこに向かったのかについては軍内部でも厳しく秘匿とされたため聖も詳しくは知らなかった。

司が失踪《しっそう》したのは、降格になってから三か月後のことだった。

「場所が悪かったんだよ。鷹乃宮少将が軍を動かしたのは反目する華族たちの旧領地内だった。当然、その華族たちから強い反発がおきてな。降格処分せざるをえなかったのさ」

葵は煙を吐き出しながら、忌々しそうに言い捨てた。

聖は当時のことを脳裏に思い浮かべる。

降格させられたこと自体には落胆している素振りは微塵《みじん》もなかった。だから、それが失踪の原因とは考えてはいなかった。

(だが、軍部の姿勢に失望したのだとしたら……)

軍属であることが地獄の門の調査の妨げになるから、身分を捨てるために失踪したのだとしたら。

膝に握った拳を白くなるほど握りこんだ。

(何を考えてたんだ、あんたは。そして、いまも何を考えているんだ。何をしようとしている)

てっきり司は鷹乃宮の抱える血切丸の呪いから逃げたのだと思っていた。

父というものが、司という人間がますますわからなくなって困惑する聖に、葵は言い聞かせるように言葉を重ねる。

「聖。お前はまだそんな権力をもっちゃいないが、くれぐれも親父のようなバカなふるまいはするなよ。お前には期待しているからな」


多恵は自室で机の前に座り、筆記帖《ノート》を捲《めく》る。

　ここには今まで作った料理を記入してあった。とくに嘉川に教えてもらった調理法や料理本を参考に作ったものは丁寧に記述がしてある。絵入りで、分量や作り方だけでなく、聖が食べてくれたときの反応、キヨや嘉川たちの感想、改善点なども書き記してあった。

　その筆記帖をぺらぺらと捲りながら、夜食に何を作ろうかと考えていたのだ。材料を仕入れてもらう必要もあるので、何日か前には嘉川にどの材料をどれだけ用意してほしいのか伝えなければならない。それで、数日分の献立をまとめて考えるようにしていた。

（今度は何を作ろうかなぁ）

　そろそろ気温も高くなってきたことだし、のど越しがさっぱりした料理もいいかもしれない。甘味もいいだろう。

　聖は、何を出してもあまり表情も変えることなく黙々と食べてくれるし、感想を聞けば「今日のも美味《おい》しかった」と答えてくれる。

　でも、好物を聞いても特に思いつかないようだし、苦手なものもそもそもない。食への興味が元来薄そうなのだ。

（できれば聖さんの好物を作ってあげたいんだけどなぁ。でも聖さんが好きなものってなんだろう）

　と考えていて、ふと、この前一緒に行った公園でのことを思い出す。初めて聞いた、彼と彼の母との思い出話のことだ。

（おっとりとしていて、穏やかな人で、でも芯《しん》の強い人だったって言ってたっけ）

あのときの穏やかだがどこか憂いのある聖の表情が同時に脳裏に浮かんで、胸の奥がつんと痛くなる。彼の母の面影は、永遠に彼が子どものときに見たままなのだろう。

多恵も少し前に母を亡くした。母と一緒に過ごした時間は沢山あったけれど、それでも当時を思い出しては哀しくなる。そんなとき、母がよく作ってくれたみたらし団子やおはぎを母の作り方を真似て作って食べると、母が戻ってきてくれたような気がして切ない中にもほんわかとした嬉《うれ》しさを感じるのだ。

（聖さんのお母さんも、和菓子とか甘いものはときどき作ってくれてたって言ってたよね）

きっとそれは聖の思い出の味に違いない。

「よしっ。聖さんの思い出の味、作ってみよう！」

多恵は威勢よく両こぶしを天に向ける。この屋敷にはお常さんや嘉川のように長年勤めている使用人も多い。きっと何か覚えているに違いない。

まずは情報収集からはじめることにした。

この屋敷で一番の古株といえば、女中頭のお常さんだ。最近ではお常さんの趣味を一緒に楽しんでいるだけのような気もしている花嫁教育の時間に聞いてみることにした。

今回は屋敷の庭に作られている茶室での茶道の実習だったので、話もしやすい。

茶道では季節によってお点前《てまえ》が変わる。畳の下に備え付けられた小さな囲炉裏で釜《かま》を温める冬仕様の『炉』はそろそろお終いの時期となり、月が開ければ夏仕様の『風炉』へと変わる。今日は『炉』を使っての最後の授業だ。暑くなりつつある季節に火が客人から見えないように透木釜《すきぎがま》を使って、貴人点《きにんだて》という高貴な方にお茶を差し上げるときのお点前で薄茶を点《た》てる。

お常さんの厳しい目が光るなか、なんとか無事にお茶を点て終わった。お常さんからも及第点がもらえたところで多恵は話を切り出した。

「お常さんは、古くからこのお屋敷にお勤めなんですよね」

今さら何を言うのかといわんばかりに、お常さんの左片眉《かたまゆ》がきゅっとあがる。

「そうですよ。十八のときにこの屋敷にやってきてから、もう五十年になります」

「じゃあ、聖さんのお母さまのこともご存じですよね」

「十和子《とわこ》様のことでございますね。ええ、ええそりゃもう。この屋敷にお嫁にいらしたのがつい昨日のようでございます。京の公家《くげ》の出で、とても美しくおしとやかで教養に溢《あふ》れたお方でした。奥様とは真反対ですわね」

聖の母親だけあって、きっととてつもない美人だっただろうことは想像に難くない。聖には多恵とどこか似ていると言われた気がするが、お常さんから見ると真反対なようだ。多恵自身、おしとやかでもなく教養もないことは自覚しているので、お常さんの意見の方が納得がいく。でも、ときどき和菓子作りをしていたというところには近いものを感じてしまうのも確かだった。

「それなら、その、十和子様が聖さんに作ってあげていた和菓子など覚えていませんか？　特に聖さんが好きなモノなら嬉しいんですが」

そこまで言えば、お常さんは多恵が聖に母の思い出の味を作ってあげたいのだと察してくれた。

「そうですわね。とくにいつもこれというものではなかったですが、季節の行事をとても大切にされているお方でしたね。ですから、春には桜餅《さくらもち》、夏越《なごし》の祓《はらえ》には水無月《みなづき》、お彼岸にはおはぎ、正月にははなびら餅と毎年いろいろ作ってらっしゃいましたよ」

お常さんから説明されて、多恵は目を丸くする。聖からの話では、たまに作っていた程度の口ぶりだったが、それはちょっと和菓子作りをたしなんでいたどころではない。かなり本格的に作るのが好きな方だったのではないだろうか。

「十和子様は、元々和菓子作りがお好きだったんですか？」

尋ねると、お常さんは昔を思い出そうとしているのか視線が遠くなる。

「そうですね……。御館様《おやかた》がお生まれになるまでは、とくに厨房《ちゅうぼう》に入っていらっしゃった記憶はございませんね。お生まれになってからではないでしょうか」

聖が生まれてから作り始めた節句ごとの和菓子。

（もしかして、聖さんに食べてほしくていろいろと頑張って作っていたのかなぁ）

聖の反応は淡々とはしているが、美味しいもののときは口数がいつも以上に減って黙々と食べるところがある。そういう些細《ささい》な反応を、聖の母、十和子も楽しみにしていたのではないだろうか。

そう想うと、会ったことのない十和子が、ますます身近な存在に感じられてくる。

「いまの季節だと、柏餅《かしわ》なんてよろしゅうございますね。そういえば、幼い頃の御館様も十和子様のお作りになる柏餅を特段気に入られて、端午の節句が終わってもまだ作ってくれと強請《ねだ》っていたことがありました。小さい頃からあまり自分の好き嫌いを出さない方でしたが、柏餅はよほど気に入られたのでしょうね」

お常さんは小さい頃の聖を思い出しているのか、微笑ましそうに目元を緩める。

（小さい頃の聖さん、きっと、とても可愛らしかったんだろうなぁ！　どこかに写真とか残ってないかしら）

今度、こっそり蔵の中を探してみようかななんて企《たくら》みつつ、お常さんの話から作りたいものが絞れてきた。

（よしっ。柏餅を作ってみよう）

俄然《がぜん》やる気が出て、ふふふと独りでに笑みが零《こぼ》れてしまう。お常さんが薄気味悪そうな顔をしていたが見なかったことにした。

「そういえば聖さんがお好きだったのは、こし餡《あん》だったんですか？　それともつぶ餡？」

「そうですね。十和子様はどれも作っていらっしゃいましたが、御館様が特に気に入られたのは味噌《みそ》餡だったように思いますよ。そうそう、十和子様が御館様にすぐには材料が手に入らないからちょっと待っててね、とおっしゃってたのを見た記憶がございます」

「みそあん？」

柏餅と言えばこし餡かつぶ餡しか知らない多恵は、お常さんの意外な発言にきょとんとする。食べたことのない味だったが、

（嘉川さんあたりに聞けば作り方知っているかな）

と、そのときはあまり気にしなかった。


柏餅づくりは、まず餡づくりからはじまる。

聖が好きだったのは味噌餡だ。厨房長の嘉川に作り方を知っているか尋ねてみると、案の定知っているとのことだったので、教えてもらいながら作ってみることにした。

まずは一晩水につけた白花豆をたっぷりの湯で煮る。しばらく煮たら一旦《いったん》豆を取り出して軟らかくなった皮を一枚一枚剥《は》いで剝《む》き身にし、さらに豆を煮る。

充分軟らかくなったら湯から上げてすり鉢に移し、すりこぎで豆の形がなくなるまで潰《つぶ》していく。そのあと裏ごし器でなめらかになるように裏ごしをする。

これに、砂糖と味噌を混ぜてよく練れば、味噌餡のできあがりだ。

柏餅の生地づくりには、白玉粉と上新粉を使うことにした。

白玉粉と上新粉の配分の違いで口当たりや歯ごたえが変わってくる。もち米粉で作られる白玉粉はつるりとした滑らかな食感を、うるち米の米粉から作られる上新粉は粘りが少なくて歯切れよくコシのある食感を与えてくれる。

どんな配分で作ろうか迷うものの、

(十和子様は、聖さんのために柏餅を作ったんだよね)

当時の聖はまだ幼かったことだろう。白玉粉の粘り気のあるもっちりとした食感は多恵もとても好きだが、まだ噛《か》む力の弱い小さな子どもは噛み切れずに喉《のど》へ詰まらせるおそれがある。歯切れが良い方が食べやすかったと思うのだ。

それで、普通の柏餅よりも上新粉の配分を多めに作ることにした。

粉を混ぜ、さらに砂糖と湯を入れて木べらで混ぜ合わせる。粗熱が取れたら手でこねて、耳たぶ程度の軟らかさまで仕上げていった。

その次は適当な大きさに千切って、蒸籠《せいろ》で蒸すのだ。

合間に味噌餡を手のひらで小さく丸めて、柏の葉も洗って乾かしておく。

生地が蒸しあがったら布巾《ふきん》で包んでひとまとめにした。

「あっつっ」

蒸したてなのでかなり熱い。生地を布巾で上手《うま》くまとめたら、そのまま冷水につけて冷やしたあと、さらに手でこねていくと餅のような滑らかさと粘り気がでてくる。

生地を小さく千切って楕円《だえん》形に伸ばし、そこに丸めた餡を載せて包み、柏の葉で巻く。

それをさらに蒸籠で蒸すと、ようやく柏餅の完成だ。

手伝ってくれた嘉川とともにさっそく味見をすると、もちっとした皮に少ししょっぱい味噌餡が合わさってとても美味《おい》しい。

（やった、美味しいのができた！）

喜び勇んで、仕事中だったお常さんを厨房までつれてきて味見をしてもらったのだが、お常さんは一口食べて小首を傾げた。

「たしかにおいしゅうございますが、十和子様の味とは少し違うように思います。十和子様の柏餅は、なんというか優しいお人柄が滲《にじ》み出るような優しい甘さでございました」

「もっと甘さが強かったんですか？」

砂糖の配分が多かったのかなと多恵は考えるが、お常さんの指摘はさらに餡の色にまで及ぶ。

「餡の色も、もっと明るい色でございましたよ」

「明るい色ですか？」

（どういうことだろう。味は調整が利くけど、色が違うってどういうこと？　それって、根本的に材料が違うってことも考えられるのかな……）

上手くできたと思った柏餅づくりが、いきなり迷宮に入り込んでしまった気分だ。

十和子は、餡に何の材料をつかっていたのだろうか。

白花豆自体は白餡に使われていることからもわかるようにかなり白っぽい色合いをしている。だが、そこに味噌を入れると、途端に味噌の濃い色が全体に移って茶色みの強い色合いになってしまうのだ。

味噌の量を少なくして試作品を作ってもみたが、お常さんは首を傾げたままだった。

(どうやったら、明るい色で優しい味の餡になるんだろう)

多恵がいつものように聖の夜食を作りながらも厨房で悩んでいると、見かねた嘉川が声をかけてくる。

「奥様、それ以上刻んだら粉になっちまいますよ」

「へ? あ!」

ネギを刻みながら考え事をしていたせいで、ネギが細切れになってしまっていた。

「……やっちゃったぁ」

今夜の夜食は、ニシンそばだ。かけそばに甘露煮のニシンをのせ、刻んだネギを散らそうと思ったのに、ネギの原形がなくなってしまった。

「そっちは私らが明日《あした》まかないに使いますんで、新しいネギを使ってください」

といって、嘉川が洗った青ネギを一束渡してくれる。

「すみません」

料理中に考え事をして気がそぞろになってしまうなんて、料理人失格だ。少し落ち込みながら刻みすぎたネギを小鉢に避《よ》けていると、嘉川が心配そうに聞いてくる。

「何か心配ごとですかい?」

「いえ、心配ってほどじゃないんですけど。柏餅の餡の中身が決まらなくて」

はぁぁぁと長いため息を漏らす多恵に、嘉川は少し笑いながら助け船を出してくれた。

「そんなことですかい。だったら、明日一緒に問屋を回ってみましょうか。豆問屋に砂糖問屋、味噌問屋もいりますかね。大奥様もときどき、使用人を連れて買い出しに行かれていました」

「十和子様が？」

穏やかでおしとやかな人だと聞いていたので意外だった。華族、それも侯爵家のような高位の華族に嫁いでくるお嬢様だから、てっきりほかの華族令嬢のように着物や装飾品のお買い物と華族同士の集まり以外は外に出ない方だったのかと思い込んでいた。使用人だけ連れて食材を買いに庶民の店に行くのは、なかなか行動的だ。

「大奥様はこちらに嫁ぐまではずっと京の都でお育ちになられていたので、帝都の食材はよくわからないから自分で選びたいとおっしゃって、問屋まで直接行かれてたんですよ。もしかしたら店に行けば帳簿に過去の販売記録が残ってるかもしれません」

「行きます！」

多恵は喜び勇んで声を上げた。

翌日。昼食の片付けも終わって夕食づくりがはじまるまでの間、多恵は嘉川とともに屋敷の馬車で問屋へと行ってみることにした。

お堀と神田川《かんだがわ》の間に青果市場があり、その近辺には食材関連の問屋も多数軒を連ねている。

通りには多くの人や荷馬車が行き交い、賑《にぎ》やかなざわめきに満ちていた。

市場にくるのは鷹乃宮に嫁いでから初めてで、懐かしい音と気配に多恵は馬車の窓硝子《ガラス》に額をつけて目を輝かせた。

あちらこちらで乾物や野菜、穀物などが売られている。いますぐあれもこれも買い占めたくなるが、今日は買い出し目的で来たのではないのだ。ぐっとこらえていると、馬車は問屋が並ぶ通りに着いた。

最初に入った豆問屋で、嘉川が店主に昔の販売記録が残っていないか問い合わせてくれたが、十年以上前の記録は残ってはいなかった。ほかの豆問屋や砂糖問屋でも同様で、手掛かりはなにも得られず終い。

最後に入った味噌《みそ》問屋でも、店主は渋い顔をしていた。一応探してみるというので店頭で待っている間、多恵は店主が上がり框《がまち》においてくれた座布団に腰かけ、店内を興味深く眺めていた。最近は自宅で味噌を作らず、店で購入する人も増えているという。そのためか味噌問屋はとても繁盛しているように見えた。

天井の高い店内には大きな木樽《きだる》がいくつもおかれ、それぞれに味噌の名称が和紙に書かれて貼られている。味噌も製造元や産地によって味が変わるため、いろいろなものが置かれているようだ。麦味噌や仙台《せんだい》味噌もある。でも一番種類が多いのは帝都で一般的に食べられている赤味噌だ。

(あれ？)

その脇に小さな樽が置かれていることに多恵は気づく。樽に貼られた和紙には『京』とあった。

（京……京都のお味噌？　あれ、そういえば……）

先日、京都に行ったときは甘くてまろやかで色の薄い味噌汁がときどき出てきたことを思い出す。思い返せば、十和子は京都の出身ではなかったか。

多恵は隣に座ってお茶をすすっていた嘉川の裾《すそ》を引っ張った。

「嘉川さん、あれ！　あの味噌！」

「あちちっ。奥様、どうしたんですかい？　ああ、あれは京都の白味噌ですな」

「白味噌……」

「こっちの赤味噌と比べて米麴《こめこうじ》が多いんで白くなるんです。塩分も控えめなんで甘みが引き立つ味噌なんですが、帝都でも売ってるとは珍しい」

「私、あの味噌ほしいです！」

色味の薄い味噌で甘みが引き立つとなれば、味噌餡《あん》にぴったりではないか。

結局その店でも販売記録は確認できなかったが、その白味噌をすぐさま買い付けて屋敷に持って帰ることにした。

屋敷に戻ると、居てもたってもいられず多恵はすぐに柏餅《かしわもち》づくりを始める。試作品をつくるために材料なら多めに仕入れておいてもらっているから、まだ充分残っていた。

白味噌は嘉川の言うとおり、かなり白みの強い味噌だった。京都では定番の味噌なのだという。十和子は京の出身だ。それなら、自分の馴染《なじ》みの味で味噌餡を作った可能性は充分に考えられた。

蒸籠《せいろ》を開けて蒸しあがった柏餅を菜箸《さいばし》で取り出す。味見をすると、まろやかで甘みのある餡に仕上がっていた。甘みの中に少しだけ塩加減が混じる優しい味だ。餡の色味も、白餡に白味噌をまぜているので、白みのつよいかなり明るい色になっていた。

(これなら!)

すぐにお常さんを呼んできて食べてもらうと、お常さんも口に含んだ瞬間、これは!という顔になった。もぐもぐしたまま、何度も頷《うなず》く。

「まさしく、十和子様の味にございます」

「やったぁ!」

お常さんのお墨付きをもらえれば間違いないだろう。

ようやく目当ての味ができあがったことに、ほっと胸を撫《な》でおろした。

その晩、遅くまで自分の部屋で本を読んでいる聖の元に、煎茶《せんちゃ》と柏餅を持って行った。

近ごろ、聖は蔵でみつかった本を読んでは何やら難しい顔で考え事をしていることが多くなっていた。試行錯誤した柏餅が、少しでも彼の心の安らぎになれたらこれほど嬉《うれ》しいことはない。

ドキドキと小さく胸を鳴らしながら、多恵は柏餅を聖の机へと置いた。

「どうぞ。休憩のときにでも召し上がってください」

「ああ、ありがとう」

聖は本を閉じて深いため息をもらす。凝り固まった疲れを逃がそうとするように眉間《みけん》を押さえた。

多恵が急須《きゅうす》から聖の湯呑《ゆのみ》へと煎茶を注いでいると、聖が柏餅を一つ手に取った。

そのまま口に入れ黙って食べていたが、その口の動きがふいに止まる。

「この味……」

「白味噌の味噌餡で作った柏餅です。お常さんに、昔、聖さんがお母さまに作ってもらって好きだった味と聞いたものですから。その、なんとか、再現できないかなと思って」

もし、こんな味じゃない、美味《おい》しくないと言われたらどうしようとしどろもどろになってしまう。

盆を胸に抱いて不安げにしている多恵を聖はじっと見つめたあと、ふいっと顔をそむけてしまった。

（あ……）

ダメだったのかな。まずかったのかな。余計なことだと思われたのかな。期待に膨らんだ心が、急激にしぼんでずきりと痛みを覚える。思わず涙腺《るいせん》が緩みかけるが、顔をそむけた聖から聞こえたのは予想外に湿った声だった。

「……もう、二度と食べられないと思ってた」

「え？」

涙が引っ込んで、多恵は顔を上げる。

「ごめん。失礼だとわかってるけど、そっち向けない」

いつになく余裕のない、ぶっきらぼうで掠《かす》れた声だった。いつもの聖らしくない。

「聖さん？　だい……」

大丈夫ですか？　と続けようとした言葉に、聖の声が重なる。

「この味。すごく懐かしいんだ。他で食べる柏餅はどこも味が全然違ってて。だから、ときどきすごく食べたくなるけど、もう食べられないんだって、諦《あきら》めてた。だけど……」

やっぱり十和子の作った柏餅にとても近いものが作れていたようだ。そのことにひとまず胸を撫でおろす。聖の話は続いていた。

「君が作ってくれたこれを食べて、母の面影と君が重なった。でもそれだけじゃなくてもっと、なんていうか」

聖は目元を乱暴に手の甲で拭《ぬぐ》うと、ようやく多恵の方に向き直る。目が赤くなっていた。照れくさそうに小さく笑みが灯《とも》る。

「君の気持ちが嬉しかった。俺は、なんて幸せ者なんだろうなって思ったんだ」

多恵にも、さっきまでの不安が嘘のように自然と笑みが広がる。

「喜んでもらえたなら、私も嬉しいですっ。また作りますね」

「ああ、ありがとう。多恵」

名を呼び、すっと聖が多恵を見上げた。真っ直ぐな瞳《ひとみ》に射られるようで、どきりと胸が高鳴る。

「は、はい。聖さん」

「これからもずっとそばにいてほしい。その、契約が終わるまででいいから」

契約の部分が、なんだかとってつけた感じがするのは気のせいだろうか。

多恵はにっこりと笑うと明るく応じる。

「もちろん、おそばにいますよ。これからもずっと。あ、お茶冷めちゃう。どうぞ」

手元に置いたままだった湯呑を彼に差し出した。

「ああ、ありがとう」

聖は柏餅をパクリと口にいれるとゆっくり味わう。多恵も聖も、こんな日常がこれからもずっと続くのだとこのときは疑ってすらいなかった。


次の休日。

聖が庭で血切丸を振るって稽古《けいこ》に勤しんでいると、いつの間にか少し離れたところに金花がちょこんとお座りしていた。前脚を舐《な》めて毛づくろいなどしている。このところ庭でよく見かけるので聖も特に気にすることなく稽古を続けていたのだが、ひとしきり毛づくろいを終えた金花は遠慮することなく話しかけてきた。

『前から思っておったが、ずいぶん物騒なものを持っておるんじゃの』

金花は、聖の手にある血切丸を眺めてすーっと目を細める。

『その刀からは、底知れぬ邪悪なものを感じるのぉ。まるで、刀に斬られたモノどもの怨念《おんねん》や恨みが染みついておるようじゃ』

金花は優雅に、二つに割れた尻尾《しっぽ》をゆったり揺らす。

話しかけられたせいで集中が途切れてしまった。邪魔だからどこかに行けと言いたいが、言ったところで素直に聞く相手でもない。ちょうどいいから少し休憩するかと思い直し、聖は刀を振るうのを止めて首にかけた手ぬぐいで汗をぬぐった。

「呪物《じゅぶつ》だからな。妖刀《ようとう》とでもいうのか。碌《ろく》なものじゃない」

聖は忌々しく思いながら言い捨てる。

多くの妖《あやかし》や亡霊、荒ぶる廃神《はいしん》など怪異を起こすモノたちを斬ってきた刀だ。その血を吸えば吸うほどこの刀は根元から黒ずんでいく。

前所有者である司が失踪《しっそう》したため、やむをえず受け継いだときには既に半分ほどが黒い染みに覆われていた。特四としても、陰陽師《おんみょうじ》の流れを汲《く》む鷹乃宮家の当主としても、災いを起こす怪異を討伐せねばならないが、このまま怪異を斬りつづければやがて刀の先まで黒く染まるだろう。そうなれば、

『刀の持ち主は、刀に精神を乗っ取られる。そうなればもう、血切丸の手足となって人も怪異も関係なく斬りまくる傀儡《かいらい》となりはてるだろう』

幼いときから何度も言い聞かせられてきた言葉が司の声で脳裏に蘇《よみがえ》る。

だからそうなる前に、当主は命を絶たなければならないのだ。当主の命をこの血切丸で絶つことによって、当主の血により穢《けが》れた黒ずみは洗い流され、再び綺麗《きれい》な状態に戻って次の当主に引き継がれる。そうやって、鷹乃宮家に代々伝わってきた呪われた刀だ。

だが、聖は次の世代にこの呪われた役目を引き継がせるつもりはなかった。血切丸の呪いを解く方法を見つけ出すための時間稼ぎとして、多恵との契約結婚にも踏み切ったのだ。

じっと物思いにふける聖を眺めて、金花は面白そうににーっと口端をあげて嗤《わら》う。

『奇怪なことよのぉ。亭主は血を求める刀を操り、奥方の料理は瘴気《しょうき》を祓《はら》うとは』

多恵を結婚相手に選んだことはまったくの偶然だったのだが、意外にも多恵の作る料理には怪異を起こす妖たちの瘴気を祓う力があるらしい。

なぜそのような力があるのかはわからないが、いままで幾度となく多恵の力に助けられてきた。いまではもう彼女の存在はなくてはならないものになっている。

聖は血切丸を掲げてじっと眺める。刀身の黒ずみは、多恵の夜食を食べるようになってから少しずつ減っていた。多恵の料理は聖自身と、そして聖が使う血切丸からさえも瘴気を祓っているようだ。

とはいえ、ここ最近は帝都の中でも瘴気が濃くわだかまっていることが多い。それに比例して特四に持ちかけられる怪異がらみの事件も増えている。そのせいか、刀の黒ずみは再び増えつつあるようにも見える。

聖は軽く嘆息すると、足元に置いてあった鞘《さや》を拾い上げて刀を仕舞う。

「俺は、彼女に助けられてばかりだ。お前のことだって、彼女がいなかったら術で封じるかこの刀で斬るしかなかった」

『まさに、多恵殿はワラワの恩人じゃな。して、なぜにあの女子《おなご》はあのような力を持つのじゃ。あれはお主ら陰陽師の術とは根本的に違う。もっと、神の領域に近いものじゃ』

「神、か」

別荘のある漁村で大量におしかけた亡者たちすら、多恵の料理は祓ってしまった。神の御業と言われても不思議はない。

「多恵自身も、自分の出自はわからないそうだ。物心ついたころから父はなく、母親と二人きりで下町で定食屋を営んでいた。俺も調べてはいるが、定食屋も焼け落ちて身内もおらず手掛かりがまったくない。ただ多恵の話からすると母親も似た力を持っていた節があるから、おそらく血筋的なものだろうな」

『ほう、定食屋の娘か。それがなぜまた侯爵家の奥方になっているのかの。お主もなかなか粋《いき》なことをするの。そこまで惚《ほ》れ込んだのかえ』

金花がにやにやするので、聖はバツが悪くなってすいっと視線を逸《そ》らす。

「彼女と出会ったのは、偶然だ。本当に、たまたまお互い都合がよかっただけなんだ」

『偶然かのぉ。むしろ、それは運命というものかもしれんぞ』

「……運命」

もしそんな運命が本当にあるとしたなら、その先に待つのは幸せな未来なのだろうか。それとも悲劇なのだろうか。聖にとっては自分のことなどどうでもよいから、せめて多恵が幸せであってほしいとただ願うしかなかった。

動いて火照った身体も、金花と話しているうちに冷めてきた。

一休みを終え再び稽古を再開させようかと血切丸の柄《つか》に右手をかけたとき、金花が何気なく吐いた言葉が聖の心を波立たせる。

『そういえば、昔、似たような話を聞いたことがあるのぉ』

聖は思わず金花の前脚に手をかけて抱き上げると、顔の高さまであげてゆさゆさと揺さぶった。

「おい！　どこで聞いたんだ⁉　なんでもいいから教えてくれ！」

『んにゃにゃにゃにゃ、ゆらすでにゃい～！』

怒った金花は聖の手に爪を立ててひっかく。聖がひるんだ隙に手から逃れ、くるんと空中で一回転して優雅な仕草で地面に着地した。

『まったく、ワラワを乱暴に扱うでない！』

「すまない、つい」

多恵のことになるといつもの冷静な自分ではいられなくなってしまう。そのことを恥じて肩を落としていると、金花もそれ以上は気分を害する様子もなく、

『仕方ないやつじゃのぉ。次、ワラワに無礼なことをしたら恩人といえど許さんからの』

と前置きしてから語り始めた。

『昔どこかに、神に捧《ささ》げる食べ物を作る一族がいたという噂を耳にしたことがあるんじゃ。その者らは神に愛された故にその者らの作ったものもまた神気を帯びるようになり、いかなる魔をも祓うようになったという。じゃが、そのせいで時の支配者の政乱に巻き込まれて消えてしまったと聞いたことがあるのじゃ。多恵殿の作る料理が纏《まと》うのもまさに神気というものに近いやもしれん。じゃから、もしやと思うてな』

「神に捧げる食べ物を作る一族……」

それが多恵の祖先なのかどうかは定かではない。ただ、多恵の持つ神の奇跡ともいうべき力を目の当たりにしていると、まったくの無関係とも思えないのだった。


数日後のよく晴れた日の午後。

多恵は朝から柏餅《かしわもち》を作って三段重に詰めていた。柏餅は全部で二十個ほどある。

それを風呂敷《ふろしき》に包むと、キヨとともに馬車で出かけた。

天気も良いので、ずっと行きたいと思っていた母のお墓参りにいくことにしたのだ。

母も甘いものが好物だったから、きっと喜んでもらえるに違いない。

お供えするなら二つもあれば充分なのだが、それ以上に沢山作ったのは、墓のある菩《ぼ》提寺《だいじ》にいままで世話になった礼に渡そうと考えていたからだ。

今日の着物は花菖蒲《はなしょうぶ》が描かれた涼やかな薄緑のものを選んだ。落ち着いて見えるよう象《ぞう》牙《げ》色の帯を締める。髪は後ろで団子にして着物と同じ色のリボンでまとめてもらった。

墓があるのは帝都の東側、下町のさらに先だ。そちらに馬車で向かう途中に、窓から帝国図書館の建物が見えた。

（そういえば、図書館にも立ち寄りたかったのよね）

聖の母、十和子は京都の出身だった。それを知ってからというもの、もっと京都の料理を勉強してみたいと考えるようになっていた。帝国図書館になら各地の郷土料理の本も置いてあるから、きっと目当ての本があるだろう。

「ちょっと図書館に寄っても良《い》いですか？」

急な寄り道だったがキヨは了承してくれ、馬車は帝国図書館の車寄せへと立ち寄る。

馬車を降りて足早に図書館の扉を抜けようとしたところで、キヨが声をあげた。

「あれ、奥様。そのお重、持ってきちゃったんですか？」

「あ……。馬車において来ればよかった！」

気持ちが急《せ》いていたせいか、柏餅の風呂敷包みを胸に抱えたまま馬車を降りてきてしまったのだ。慌てて後ろを振り向くが、馬車は既に走り出して後ろ姿が遠くなっていくところだった。駐車場に向かうのだろう。

「もう、奥様は相変わらずそそっかしいんですから」

キヨは多恵の抱えていた風呂敷包みをひょいっと抱え上げて、代わりに持ってくれる。

「荷物ふやしちゃって、ごめんなさい」

「そろそろ暖かくなってきましたからね。今日は暑いくらいですし、馬車の中よりも涼しい図書館の中の方が良いかもしれませんよ」

たしかにそれも一理ある。重厚な石造りの図書館は、入った瞬間に外気よりもひんやりとした空気が肌へ感じられた。車内に置いておくより柏餅が傷まなくて良いかもしれない。

すぐに料理本の棚に行って本を探す。手早く探したつもりだったが、それでも本を十冊ほど借り終わって建物の外に出た時には空がうっすらと赤みはじめていた。

結局、本の方が重いため借りた本をキヨに持ってもらい、多恵は柏餅の風呂敷包みを運ぶことになった。

「もうすぐ日が暮れてしまいます。急がないといけませんね。奥様、ちょっとここで待っていてください。いま、馬車を呼んでまいりますから」

キヨに言いつけられ、多恵はそのまま車寄せの端で待つことにした。駐車場へと小走りに向かうキヨの背中を見送りながら、柏餅の風呂敷包みを抱えてぼーっと待っていた。

すると、目の前を一人の男性が通り過ぎる。

（え……!?）

多恵は目を疑った。いま、目の前を通り過ぎた軍服姿の男性。たしかに聖に見えた。

「聖さん？」

図書館の裏手の方へと歩いて行く軍服の後ろ姿を追った。あの背丈、後ろ姿は聖に間違いない。

今の時間だと特四の任務にでかけているはず。調査で帝国図書館を訪れたのだろうか。

柏餅の風呂敷包みを抱えたまま、多恵は小走りに追いかけていく。

しかし、どれだけ走ってもなかなか追いつかない。

（なんで⁉）

聖はゆっくり歩いているように見える。走ればすぐに追いつきそうに思えたのに、全然彼の元にたどり着かないのだ。

背後から自分を呼ぶキヨの声が聞こえた気がした。でもその声は遠く小さくて、すぐに多恵の意識からは外れてしまう。

多恵は必死に聖の背中を追いかけた。

そうこうしている間に、図書館の裏手の植え込みの方まで来てしまう。

そこで聖は足を止めた。

「聖さん、どうしてこちらに？」

ようやく追いつくことができて多恵は表情をほころばせながら彼に近づいた。

そのとき、くるりと彼がこちらを振り向く。

（え……）

ぞわりと戦慄《せんりつ》が走った。彼の顔には、目も鼻も口もなかったのだ。

（聖さん、じゃない！）

人間ですらない。コレは妖《あやかし》の類《たぐい》だ。

慌てて逃げ出そうと踵《きびす》を返すが、すぐ真後ろにいつの間にか立っていた壁のような人影にぶつかりそうになって多恵は足を止めた。

多恵の通り道を塞《ふさ》ぐように、大柄な男が立ちふさがる。西日の逆光になって顔は見えない。ただ、黄色い歯でにたにたと笑う口元だけが鮮明に見えた。男の手が多恵に伸びる。振り上げたその両手には大きな袈裟《けさ》袋が握られていた。


聖は、駐屯地にある自分の執務室で報告書を書いていた。

今日は部屋に一人しかいない。大悟は相変わらず練習場で訓練に励んでいるし、庄治には隠れ神の調査を依頼してあった。

そのとき、バタンと急にドアが開いて慌ただしく誰かが入ってくる靴音が聞こえる。

また大悟が乱暴にドアを開けたのだろうと思って注意しようと顔を上げた聖の目に飛び込んできたのは、酷《ひど》く慌てた様子で肩を大きく弾ませた庄治だった。

「どうした？」

嫌な予感がして、聖は椅子から立ち上がる。庄治は、しゃべるのもままならないほど呼吸を乱れさせながらも聖の執務机のところまで駆けてくると、大きく息を吸って声とともに吐き出した。

「聖様の命で護衛のために多恵様に憑けていた管狐が一匹、突然消息を絶ちました！　何度こちらから呼びかけても応答しません！」

「な……！」

管狐は密偵に適した妖だが、攻撃性能も霊格も比較的高い。並みの妖程度なら、管狐だけで討伐できてしまう力をもっている。

聖は多恵の身の安全のため、彼女には申し訳ないと思いつつも庄治の管狐を密かに護衛として憑かせていた。それが消息を絶ったとなると、多恵の身に何かよくないことが起こったのかもしれない。

「消息が途絶える直前、多恵様の悲鳴のようなものが聞こえました」

庄治は使役する管狐と五感の一部を共有している。聖はいてもたってもいられなくなり、すぐに傍らに置いてあった血切丸を手に取った。

「大悟を呼んで来い。すぐに管狐が消えた地点へ向かう」

大悟と厩舎《きゅうしゃ》で合流すると、庄治の案内のもと、すぐさま馬で現地へと向かった。

その途中、通りの反対車線をこちらに向かって走ってくる鷹乃宮家の馬車に気づいた。

馬を方向転換して馬車を追いかけると、すぐに御者も聖たちの姿に気づいて馬車を路肩に停めた。停まった馬車から転がるように降りてきたのは、多恵の専属女中のキヨだった。

「御館様《おやかた》、奥様が！　奥様が突然！」

気が動転して泣きじゃくるキヨの背中を大悟が擦《さす》って宥《なだ》め、ようやく話ができる状態にまで落ち着いた彼女から聞いたところによると、今日の午後、多恵は母の墓参りに行く予定だったという。

「たしか、朝方そんな話を多恵から聞いたな」

「それで私と奥様は、この馬車でお墓へ向かいました。でも、帝国図書館の傍をとおったときに調べたいものがあるから立ち寄りたいと奥様がおっしゃって。本を借りて、私が馬車を呼びに奥様の傍を離れたときでした。奥様が急に、図書館の裏手に向かって走り出したんです。私もすぐに奥様を追いかけましたが、奥様は図書館の裏にある茂みの前で急に立ち止まったかと思うと、突然パッと消えてしまったんです」

周りには誰もいなかったという。それなのに、ほんの瞬《まばた》きする一瞬ほどの間に、その場から忽然《こつぜん》と多恵の姿が消えてしまったとキヨは説明した。

「本当なんでございます。本当に、目の前で突然消えてしまったんでございます！」

信じてもらえないと思ったのだろう。キヨは必死で訴えてくるが、聖は疑ってなどいなかった。突然消える人間、夕闇が迫る黄昏《たそが》れ時、どれも聖たちがまさにいま追っている行方不明事件の『隠し神』とよく似た状況だった。

『隠し神』に人が攫《さら》われるとき、ほとんど目撃情報はあがってきてはいないのだが、数少ない目撃談の中に目の前で突然消えてしまったというのがあったことを聖は思い出す。

「とにかく、帝国図書館まで行ってみよう」

すぐさまその場から移動して、馬と馬車で帝国図書館まで向かう。

現地に着いたときにはすっかり日も暮れていたため、駐屯地からもってきていたカンテラに火を灯《とも》して庄治と大悟が掲げる。

三人で丹念に周囲を調べたが、怪しいものは何も見当たらなかった。

聖はその場に片膝《かたひざ》をつき、多恵が消えたという地面に指で触れた。

(妖気《ようき》に混じって、わずかに霊力を感じる)

妖気はここに妖がいた可能性を、霊力は人為的に何らかの術が使われた痕跡《こんせき》を示唆していた。

(陰陽術《おんみょうじゅつ》か?)

何の術かまではわからない。しかし、多恵は何者かに攫われた可能性が高い。

(くそっ、もっと警戒しておくべきだった!)

聖は奥歯をぎりと噛《か》みしめる。

(多恵を狙ったのか、それとも運悪く巻き込まれただけなのか)

それすらわからないのだ。悪樓の一件では、多恵の能力を多くの村人が知ってしまった。彼女の能力は非常に稀有《けう》なものだ。無理やりにでも欲しがる輩《やから》がいたとしてもおかしくはない。

後悔と焦りにかられるが、立ち止まっている場合ではない。

聖はゆっくりと立ち上がる。

(何としても、多恵を助け出さなければ)

血切丸がリィィィンと甲高い音を立てる。

『私の力が必要だろう？　お前のためならなんでも斬ってやる。お前の欲しいものを手に入れろ』

そう、刀が言っているようだった。

(いいだろう。多恵を助けられるなら、どんなことだって……)

目の前が血の海に沈んだって構わない。彼女が助けられるなら。彼女が戻ってくるのなら。

そのとき、どんと背中を強く叩《たた》かれる。ハッと我に返ると、すぐ間近にこちらを睨《にら》む大悟の顔があった。

「お前、怖い目してるで。大丈夫か？」

聖は額を押さえて、軽く頭を振った。目の前に重なっていた血の色が消える。

大悟はまだリィィンと鳴っている刀を指で強く弾《はじ》いた。

「どやかましいわ。刀の分際が、いっちょ前に主張すんなや。叩き折ってやろうか⁉」

大悟に威嚇され、血切丸は静かになる。

そのとき、近くに生えているツツジの葉陰からぽすっと音を立てて何かが飛び出してきた。

見ると、庄治の管狐だった。口に何か長いものを咥《くわ》えている。

「イチ！　無事だったのか！　こいつです！　多恵様に憑いてて、所在がわからなくってた管狐です！　お前、どこから出てきたんだ？」

イチはたたたたっと庄治の元へ駆けてくると、しゅんとした様子で口に咥えていた長いものをその手に渡した。それを見て、キヨが、「あ！」と声を上げる。

「これは、奥様が今日つけてなさったリボンです！」

すぐさま聖は軍服の胸ポケットから霊符を取り出すと、イチが出てきたツツジに飛ばした。霊符はイチが出てきた葉陰にまるで糊《のり》をつけたかのようにピッと貼り付く。

「霊道だ。イチが出てきたおかげでそこに扉ができたが、すぐに消えてしまうから霊符で固定しておいた」

霊道とは低級な霊や餓鬼などが作り出し、利用する道をいう。普通は霊道の通る場所は決まっているのだが、一部の妖の中には自ら霊道を作り出せるものもいる。

イチは、『きゅる、きゅるるるっ』と何かを必死に庄治に訴えていた。それをうんうんと頷《うなず》きながら聞き取った庄治は聖に報告する。

「多恵様は術をかけられ気を失ったところを霊道を通って連れ去られたようです。イチは途中まで追いかけていったそうですが、途中で撒《ま》かれてしまって見失ったと言っています」

霊道を通って攫われたため、目の前で消えたように見えたようだ。

キヨはイチの言葉を通訳する庄治に驚いた顔をする。

「あなた、この子の言葉がわかるの？」

「言葉はわからないけど、感覚として伝わってくるんだ。五感を共有しているから。でも、霊道にいたせいで感覚が遮断されて、いままで僕が感知できなくなってた」

「イチ。庄治。ご苦労だった。おかげで多恵の行方も、隠し神についても、大きな手掛かりができた。何らかの術の気配が残っているところをみると、単純な妖《あやかし》の怪異ではないな。裏に糸を引く人間がいるのは間違いないだろう」

妖を操る、となると聖の脳裏には一人の男の姿しか思い浮かばない。嫌な予感しかしなかった。

「う、ううん……」

頭の中が靄《もや》がかかったみたいだった。自分が横になっていることはわかったが、床が異様に冷たい。その冷たさに刺激されるように、ぼんやりしていた意識が次第にはっきりしてくる。

（あれ、私……いつのまに寝ちゃって……それに、ここって……）

目を開いてもまわりが薄暗くてよくわからない。何度か瞬きすると、ようやく目が慣れてあたりの景色がはっきりと見えてきた。

（え……？　どこ、ここ）

多恵は薄暗い板間に倒れていた。しかも、格子状の細長い板が四方と天井まで続いている。まるで牢屋《ろうや》のようだ。

（いや、牢屋のようじゃなくて、完全に牢屋？）

しかもそこにいるのは多恵だけではなかった。八畳くらいの牢屋の中に、二十人ほどの男女がいる。床に座り込んでいる者が大半だが、寝転んでいる者もいた。若い人が多く、小さな子どもまでいる。誰も一言も発しない。ただ、無為な時間が過ぎるのをひたすらに待っているかのように、ぼんやりと生気の薄い瞳《ひとみ》を床に向けて項垂《うなだ》れている。

そして誰もが薄汚れた粗末な着物に、こけた頬、落ちくぼんだ目をしていた。

明かりは牢屋の外に置かれた松明《たいまつ》のみ。牢屋の外にはごつごつとした地面がむき出しになっていて、どこかの建物の中というよりも洞窟《どうくつ》の中にいるような景色だった。

（私……そうだ、帝国図書館で聖さんを見かけて……）

聖かと思って追いかけたのだが違った。何かの怪異だと気づいてすぐに立ち去ろうとしたものの、振り返ったら大柄の男に逃げ道を塞《ふさ》がれ、そいつが手に持っていた大きな袋に捕らわれたところまでしか記憶になかった。おそらくそこで気を失い、攫われたのだろう。

　多恵は手をついて起き上がろうとしたが、左手が何か硬いものに触れる。墓参りに持っていこうとした柏餅《かしわもち》の風呂敷《ふろしき》包みだった。抱きかかえたまま一緒に攫われてきてしまったようだ。

　風呂敷を緩めて重箱の蓋《ふた》をそっと開けてみる。柏餅は端に偏ってはいるが、食べる分には問題なさそうだ。

　ふと視線を感じて顔を上げると、こちらをじっと見ている少女と目があう。少女は草履を片方しか履いていなかった。

　にこっと微笑み返せば、それまで無表情で能面のような顔をしていた少女の口にも小さな笑みが灯るのが見えた。

「お腹すいてる？　甘いもの好きかな」

　帝国図書館を出た時点ですでに夕方になっていた。いまが何時かわからないが、今日お墓参りにいくことはもう無理だろう。それなら無駄にしてしまうよりも、誰かに食べてもらったほうがいい。

　そう思って多恵は重箱の蓋を開け、柏餅を少女に差し出した。ところが、少女が受け取るより早く、

「食い物だ！」

「こいつ、食い物持ってるぞ！」

「俺にもよこせ!!」

「私にも！」

牢屋の中にいた若者たちが多恵の抱えているものに気づいて騒ぎ出した。

多恵が手に持っている重箱を奪おうと手を伸ばしてくる。多恵は重箱を抱えて立ち上がるがすぐに壁際だ。目を血走らせて寄ってくる若者たちに一瞬恐怖を覚えたものの、定食屋が燃えた際隣近所の店主たちに囲まれて非難されたときに比べたらなんてことなかった。

多恵は仁王立ちになると、息を吸い込んで腹の底から大きな声を出す。

「一人一個はあるから、並んでください！」

洞窟の中に、わんわんと多恵の声が響き渡る。それで驚いたのか、若者たちは止まった。最初に柏餅を渡そうとした少女がぷんすか怒って加勢してくれる。

「そうだよ。お兄ちゃんお姉ちゃんたち。みんな並ばなきゃ。一個ずつだよ」

その一言もあってか、若者も子どもも一列に並び始める。全員に行き渡るとあってそれ以上奪い合う様子もなかった。

多恵が一つずつ渡すと、ちょうど一人に一つずつ渡り切ったところで重箱は空になった。

「うひゃぁ！　なんて旨《う》めぇんだ！」

「こんな柏餅、はじめて食べた」

「あまくておいしい！」

柏餅を頬張ると、みな笑顔になる。さっきまでぼんやりして表情の薄かった人たちの顔に人間らしい豊かな感情が戻っていた。

多恵も最後の一つを手に取って、壁際に座った。その隣に先程の少女が身体をくっつけるように座ってくる。

「えへへ。おいしい〜。こんなに美味《おい》しいの食べたのはじめて」

髪を二つに結って、林檎《りんご》のようなほっぺをした可愛らしい子だ。

「ありがとう。それ、私が作ったんだ。美味しいって言ってもらえるの嬉《うれ》しいな」

「え！　お姉ちゃんが！　すごい！」

少女は目を輝かせた。ちょっと打ち解けてきたところで、多恵は慎重に言葉を選びながら尋ねてみる。

「もしかして、あなたもどこかから攫《さら》われてきたの？」

そう聞いたとたん、さっきまでキラキラとしていた少女の瞳が一瞬にして曇る。

「あ、ご、ごめん。言いたくなかったら、いいんだ」

「ううん。あのね、わたし、かくれんぼしてたの。近所のお宮さんの境内でね、隠れるところがなくて、倉庫に隠れたの。そしたらみんながいなくなって、心配になって出ようとしたら知らないおじさんに袋に入れられて……気が付いたらここにいたの」

多恵が攫われたときの状況とよく似ていた。

「その攫ったおじさんって、知っている人？」

少女は、ぶんぶんと首を横に振った。

「ううん。夕日がまぶしくて顔は見えなかった」

それも多恵と同じだ。

「ここにいる人たち、みんな攫われてきたんだって。誰も攫った人の顔は見てないって言ってた」

そんな奇怪なことってあるのだろうか。やはり妖の起こす怪異の類《たぐい》なのだろう。だとしたら、聖なら何か知っているかもしれない。もしかしたらそれを頼りに助けに来てくれたりはしないだろうか。そんな淡い期待も生まれる。

「でも、そのおじさん。ここにいる人の仲間だと思うよ」

少女の言葉に多恵は聞き返す。

「仲間？」

「ここにいるおじさん二人だよ。ご飯くれるおっきいおじさんと、たまに見に来るほそいおじさん」

そのとき、洞窟の入り口の方から足音が響いてきた。誰かやってきたようだ。

多恵は胸元から懐紙を取り出すと、まだ口をつけていなかった柏餅を包んで少女にそっと差し出した。

「これ、私はいいから食べて」

「え、いいの？」

「うん」

そうこうしている間に足音はこちらに近づいてくる。足音は重なり合っていた。やはり二人いるようだ。やがて洞窟内の松明に照らされて二つの人影が姿を現わした。

やってきたのは着流し姿の五十がらみの大男と、同じく着流し姿の五十代前半とおぼしきすらりと背が高くやせ型で白髪の優男だった。

二人を見た瞬間、多恵は思わず「あ！」と声を出してしまい慌てて両手で口を押える。

二人の姿には見覚えがあった。前に振袖《ふりそで》火事事件のときに現場にいた二人だ。あとで聖から教えてもらった。体格のいい方が大悟の父・誠悟《せいご》で、細い方が聖の父・司だ。

誠悟の体格は大悟と似ているが、顔はあまり似ていない。彼はどちらかというと母親似なのだろう。一方、司は聖とよく似ている。聖をあと三十年ほど老けさせたらきっとこんな感じになるのだろうと想像できるような、怜悧《れいり》な美しさのある整った顔立ちをしていた。

声を出してしまったことで、彼らも多恵の存在に気づいたようだ。司は悠然とした足取りでやってくると、檻《おり》越しに多恵の方を覗《のぞ》き込む。

多恵は蛇に睨《にら》まれた蛙のような思いで身を硬くするが、後ろは壁なのでそれ以上逃げ場もない。

「前に見たことがあるな。誰だったか」

声も聖によく似ている抑揚の薄い話し方だ。

それでも聖とはともに月日を過ごすうちに、薄い抑揚、淡々とした話し方、一見怜悧に見える表情の中にもあたたかな感情が隠れていることを実感できるようになっていた。

しかし司の声はそれとは違い、ぞくりとする冷たさを孕《はら》んでいる。多恵は怖いと感じた。

司の半歩後ろに控えていた誠悟が、多恵に気の毒そうな視線を向けた。

「聖さんが奥さんになさった方やないですかね。先日、結婚しはったっていう」

それで司は思い出したようだった。

「ああ、そうだ。あのお嬢さんか。どうしてこの子がここにいるんだ?」

その一言で、司が意図して多恵をここに攫ってきたわけではないことがはっきりした。

司の言葉を受けて誠悟が続ける。

「あの妖《あやかし》は、霊力の高い人間を選んで攫ってきます。おそらく彼女の霊力に反応したんでしょう」

「霊力か。彼女のは、霊力というよりむしろ……まぁ、いい。そうか。この子を攫ってしまったとなると、聖のやつ、必死でこちらを探って追いかけてくるかもしれんな。時間がない、儀式を早めよう。人数は充分揃った」

司はもう多恵には興味をなくしたように、ふいっと視線を外すと洞窟《どうくつ》の外へと足早に出て行ってしまう。

誠悟の方が、司の言葉に驚いた様子で、

「え、彼女もですか？」

と司の背中に問いかけるが、司は、

「そんな貴重な贄《にえ》、そうそういないだろ」

と答えるだけだった。誠悟は酷《ひど》く申し訳なさそうな視線を多恵に向けると、一度頭を下げ、すぐに司を追っていった。

（贄。贄って、なに？　どういうこと？）

良くないことが行われようとしているということだけはわかる。贄という言葉が孕むのは酷く絶望的な予想だった。


翌日早朝。

多恵たちは後ろ手に縄で縛られ、さらに一本の長い縄に括《くく》りつけられて全員が洞窟の外へと連れ出された。先頭は多恵で、その後ろに攫われた人々が続く。

前を司、最後尾を誠悟が見張っているため、逃げることも敵《かな》わない。

司と誠悟は腰に刀を下げていた。もし逃げるそぶりを見せれば、容赦なく斬られることだろう。司の右手には手桶《ておけ》が握られている。手桶の中には水が張られ、黒い魚が窮屈そうに泳いでいた。

洞窟の外に出てみると、周りは緑が深い山の中だった。
長らく人の手が入っていないのか、木々がうっそうと茂っている。
わずかに獣道のような細い道があり、そこを連なって歩く。道の右手は崖《がけ》になってい
て、下に川が流れているのが見えた。川の流れは速く、傾斜がかなりあることが窺《うかが》える。
多恵たちは山中を獣道に沿って上へと進まされる。
（どこに行くんだろう）
どこを見渡しても背の高い木々が生い茂っていて周りに人工物は見えない。
かなりの山奥なのだろう。
後ろ手を繋《つな》がれて歩きにくい中、しばらく行くと、道と並走するように流れていた川
の先に大きな白滝が現れた。白滝の滝つぼから溢《あふ》れた水が川となっていたことがわかる。
滝は多恵のいる位置よりも高い場所から流れ落ちており、その向こう側は見えないがさ
らに上流にも川が続いているのだろう。
先頭の司が足を止めたので、多恵とその後ろに続く人たちも玉突きのようになりなが
らも止まった。
多恵はそっと見下ろす。滝つぼまでかなりの高さがある。滝つぼは深い緑色をしてい
て水深は窺えないが、滝の高さからいってかなりの深さに思えた。
しかも、ぞくりとするような不気味さを覚える。なぜかはわからないが、周囲の自然
はとても美しいのに、ここはとても不吉で不浄な場所に思えた。

「この滝は、かつて龍が住まうと信じられていた」

司が滝を見上げながら語り始める。

「干ばつのとき、麓《ふもと》の村々では生贄をこの滝に投げ入れていた。そうやってここに住まう龍を祀《まつ》り、雨を降らしてもらおうとしたんだ。だがな」

司の視線が多恵に向けられる。何の感情も映さない、まるで硝子《ガラス》玉のような瞳《ひとみ》だと多恵は感じる。聖とよく似ている顔立ちをしているだけに、物を見るようなその視線が不協和音のように多恵の心を締め付ける。

「ここには龍なんて住んでいなかったんだ。元々何もいなかった。勝手に麓の人間たちが龍がいると思い込み、勝手に祀った。それだけならまだいい。だがその信仰を信じて、この滝つぼに沈められた者たちの魂はどうなる？　死んでから、何の意味もなかった無駄死にだと気づいたんだ。ここには、そうやって死んだ生贄たちの無念さと恨みが怨念《おんねん》となって濃く渦巻いているんだよ」

（生贄たちの、怨念……。え、まって、私たちも贄だって言ってなかった？）

怯《おび》えた顔をする多恵を面白がるように司は口元に薄い笑みを浮かべると、手に持っていた手桶を掲げた。桶の中で黒い魚がぴちゃっと跳ねる。

「この滝つぼに沈む亡者たちは龍がほしかったんだ。それなら、くれてやろうじゃないか。この魚の姿をしたものは帝都近くのとあるどぶ川に元来住んでいた川の主だ。工業化で川に廃液が流れこんだことで汚染され、龍の姿を失って死にかけていた。私はこれを復活させたいのだ。だが、さすがにここまで弱体化すると亡者の魂だけでは足りぬ」

「それで、追加の生贄として私たちを連れてきたんですか？」

司の切れ長の目が、すっとさらに細くなる。

「ずいぶん落ち着いているな。鷹乃宮に嫁ぐくらいだからどこぞの令嬢かと思ったが」

「わ、……私は定食屋の娘です。訳あって、聖さんのところに来ました」

「ほぉ。定食屋か」

司の声には何の感慨も含まれてはいなかったが、鷹乃宮家の嫁として相応《ふさわ》しくないと言外に告げられているようで多恵は唇を噛《か》む。

（そうよ、正真正銘庶民の生まれだもん。そのうえ、不注意で攫《さら》われるような私が鷹乃宮のお嫁さんとしてふさわしいはずがない。そんなのはじめっからわかってる）

多恵が急にいなくなって、きっとキヨは心配していることだろう。お常さんや屋敷のみんなにも迷惑をかけているにちがいない。そのことを申し訳なく思うが、誰より聖に心配をかけてしまっている現状が胸を締め付けられるように辛《つら》い。

（私のことを捜してるかな。きっと、捜しているよね……）

生きてまた会いたいな、と仄《ほの》かな希望を抱きつつも、それがいますぐにでも打ち消されそうになっている現実を思い知る。

とはいえ、ここには生贄として連れてこられた人々が二十人ほどいる。だれか一人でも生き残ることができれば、ここでの会話を聖に伝えてくれるかもしれない。

聖はずっと司を追っていたのだ。その司がいま、目の前にいる。せめて少しでも司の情報を聖に伝えて彼の役に立ちたいという想いが、殺されるかもしれないという恐怖よりも先に立った。声が震えそうになるのを必死にこらえて、多恵は司に問いかける。

「なぜ、こんなことをするんですか？　龍を蘇《よみがえ》らせてどうするんですか？」

司は不思議そうに多恵を見下ろす。

「お前に話したところで無駄だ」

「教えてください！　私たちはもうすぐ生贄にされるんでしょう？　だったら、せめてそれくらい教えてくれたっていいじゃないですか」

必死に言い募ると、司は小さく息を吐いた。

「胆力のある娘だな。……亡き妻との約束を守るためだ」

「え、亡き妻？」

つまり、聖の母、十和子のことだ。なぜこの場で十和子の話が出てくるのか訳がわからず多恵は困惑するが、司の話は続いている。

「妻が死ぬとき、息子を……聖を守ってくれと頼まれた。その約束を叶えるためだ」

司の行動がどうやったら聖を守ることにつながるのか、さっぱりわからず多恵はますます混乱する。むしろ、突然失踪《しっそう》して鷹乃宮の当主の座を投げ捨て、いまもこうやって各地で妖の怪異事件を起こし続けている司の行動は、聖の迷惑になることばかりではないのか？

だが、多恵にはそう思えていても、司の中では違うようだった。

「鷹乃宮の呪いのことは知っているか？」

司に問われ、多恵は少し考えてからこくりと頷《うなず》く。

「血切丸のことですか」

「そうだ。やはり知っているか」

司は手桶を大きく振るう。中の魚が水ごと空中に放り出され、そのまま滝つぼの中へと落ちていった。小さな水しぶきをあげたあとは、もう姿が見えなくなる。

「聖を守るためには、我が鷹乃宮一族にかけられた血切丸の呪いを解かねばならぬ」

「血切丸を使わなければいいだけなのではないですか？」

多恵は、ずっと心に秘めていた疑問を口にした。

鷹乃宮家は陰陽師《おんみょうじ》の血を引き、代々、怪異から都を守ってきた家柄なのは知っている。

血切丸を使えば怪異を滅することができるが、怪異を斬れば斬るほどその血で血切丸は黒ずみ、刀身の先まで黒ずみが及べば持ち主は刀に乗っ取られて、人も怪異も関係なく斬り続ける傀儡《かいらい》となってしまうと聖からは聞いている。

それならば、怪異と対峙《たいじ》するときに血切丸を使わなければいいだけなのではないか。

現に聖は陰陽術を習得していて、血切丸がなくても怪異を封じることができるのだから。

そうすれば呪いに囚《とら》われることもないのではないか。

そう思ったのだが、司は多恵の疑問を軽く苦笑を浮かべて受け流した。

「いまも聖は血切丸を使っているのだろう？　呪いに怯えながら」

「……は、はい」

「あれは、持ち主を決して離しはしない。私もあれの持ち主だったからわかる。あれは自ら使うように仕向けるのだよ。受け継いだ時点で既に呪いに囚われているんだ」

「そんな……」

それはつまり、聖は既に呪いの渦中にあり、破滅に向かって一歩ずつ着実に進んでいるということになる。

「私は呪いを根本的に解く方法を探していた。血切丸は斬った怪異の瘴気《しょうき》を血とともに吸い込むことで黒ずみ、呪いを深めていく。だから私は瘴気の研究をしていたんだ。瘴気を刀から抜くことができれば、呪いの進行を遅らせたり止めることもできると考えた。しかしその調査の過程で大量の瘴気を発生させる『地獄の門』の存在に気づいたんだ。いまも、門から漏れ出た多量の瘴気によって凶暴化する魑魅魍魎《ちみもうりょう》どもは増え続けている。血切丸もまた、自ら血と瘴気を求めて魑魅魍魎どもを斬るよう持ち主を呪う性質をもつ。だから、『地獄の門』が開いている限り血切丸の呪いも消えることはないのだ」

「地獄の、門」

聖の机の上に置いてあった本の題名が思い浮かぶ。たしかあの本にも、そんな名が記されていた。

「地獄の門が大きく開くのはだいたい千年周期だ。前回閉じなくなったのは平安時代だった。そのせいで平安京は魑魅魍魎が跋扈《ばっこ》する地獄と化してしまった。そのとき地獄の門を式神を使って閉じたのが、鷹乃宮の祖先にあたる安倍晴明たち陰陽師だった」

司は胸元に手を入れると数枚の霊符を取り出した。それを真言を唱えながら千切って滝つぼに投げ入れる。

「いままた地獄の門が開きつつある。だが、いまの私や聖には平安の世の陰陽師たちのような強大な式神を操る術《すべ》はない。陰陽術は平安時代を頂点として少しずつ変化し弱体化してきた。だから私は独自に研究を重ねて強大な力をもつ妖《あやかし》どもを式神として従える術を開発してきたのだ」

滝つぼの中で黒く大きな背びれのようなものが揺らめいた。さきほど滝つぼに投げ入れた魚が、司の術に呼応してみるみる変化していっているのがわかる。多恵の後ろで成り行きを見守っていた人々からも、怯えた声があがり拝み始める者もいた。

見るまに黒い魚は大きく長くなっていく。滝つぼの中をぐるぐると回りながら水面《みなも》を波立たせた。

多恵は堪《たま》らず司に訴える。

「そのために何人も攫ったり、帝都のあちこちを火事で焼失させたり、そんなことをしていたんですか!?」

理由はわかっても、それでもなお彼の行動は理解しがたい。聖に姿かたちはよく似ているが、その中身は全然別人なのだと思い知らされる。

「大きなことを成し遂げるための犠牲には目をつぶるしかない。……いや、私にとっては本当は帝都も鷹乃宮もどうでもいいんだ。ただ、妻との約束さえ守れれば」

はじめて彼の表情に感情らしきものが揺らめいた。滝つぼをみつめる彼の目に哀しさが浮かぶ。

妻、十和子のことは本当に愛していたのだろう。でも彼女との約束を果たすためなら、その過程で息子の聖にどれだけ迷惑をかけようと気にもかけない欠落した人間性がうかがえた。彼の眼中は妻の愛に報いることしかないのだ。そのためなら、どれだけ多くの妖《あやかし》や人間が犠牲になろうと構わないようだ。

司が視線を再び多恵へと向ける。そこにはもう哀しみの気配は消え失せ、何の感情も映さない目で多恵を見ていた。

「さあ、おしゃべりはここまでだ。邪魔はされたくないからな」

冷たく抑揚のない声で言い放ち、腰の刀を抜いた。多恵を結ぶ縄を切り落とすと、後ろ手に拘束する縄はそのままにその身体を滝つぼに向けて崖《がけ》ぎりぎりに立たせた。すぐ眼下に滝つぼが見える。怖いと思った瞬間、勢いよく背中を押された。

（あっ！）

よろめいて前に出た足は空を切り、そのまま崖から落下した。多恵の身体は水面に叩《たた》きつけられる。

（…………っ）

意識が飛びそうになるが、すぐに息苦しさで我に返る。水面がみるみる遠くなり、身体が滝つぼの底へと沈んでいく。

もがこうにも両手を縛られたままだ。そのうえ、滝つぼの中は下へ押し流す水の流れがあり、どんどん底の方へと引きずり込まれていく。

息苦しさのあまり開いた口から、大量の泡が逃げていった。もう自分の身体が上を向いているのか下を向いているのかすらわからない。

再び意識が薄れていく。次はもう目覚めないことが自分でもわかっていた。滲《にじ》んだ涙すら水にとけていく。

最後に思い出したのは、聖の姿だった。

(聖さん、ごめんなさい。あなたの元に……もどれそうに、ないかも……)

そのことが何より心残りだった。聖を悲しませるだろうか。それを思うと心が痛い。

(でも、どうか新しいお嫁さんをみつけて……)

そう考えようとして、だけど、やっぱりそれは嫌だと思い直した。単なる契約結婚だったはずなのに、聖の隣に別の誰かがいることはたまらなく嫌だった。

(せめて、もう一目、お会いしたかっ……)

視界が遠くなる。目の前に闇が降りてきたように黒一色に染まっていく。

そのときだった。

身体を、ぐいと強く引かれた。なされるがままに引かれていき、水面に顔が出る。

「……かはっ」

　水を吐くとともに、肺に一度に空気が入ってきて酷《ひど》く咳《せ》き込んだ。

　誰かが多恵を抱きかかえて水面に顔を出させたまま、背中を撫《な》でてくれる。

　咳《せき》がおさまりのっそり顔を上げると、滝つぼの中で多恵を抱きかかえてくれている人の顔が見えた。

（あれ？　これは夢なのかな……それとも、私、やっぱり死んで……）

　ぼんやりその横顔を見つめる。ここにいるはずのない人、会いたいと水の中で願った顔がそこにあった。

「ひじり、さん？」

「間に合ってよかった」

　聖は多恵をぎゅっと強く抱きしめる。

　後ろ手を縛られたままでついさっき死にかけたばかりだというのに、彼がそばにいるというただそれだけで、すとんと心が落ち着いていく。もう大丈夫だと心から安堵《あんど》できた。

　聖は多恵を抱えたまま滝つぼを泳ぎ、多恵が落ちた崖の下へとたどり着いた。多恵の身体を水からあげると、血切丸を使って拘束している縄を切ってくれる。

「聖さん、ありがとうございます」

　礼を言うと、聖はもう一度多恵を両腕でぎゅっと抱きしめた。

「遅くなってすまない、こんな……」

申し訳なくてたまらないという声で聖が詫《わ》びる。でも、どこともしれない山の奥まで助けに来てくれたのだ。そのことだけでもう奇跡のようだった。

そのとき、崖の上から司の声が降ってくる。

「思いのほかここを見つけるのが早かったな、聖。仕方ない。滝つぼに沈む亡者だけで儀式を行うしかあるまいな」

司が両手で印を切りながら、凜《りん》とした声で真言を唱え始める。それに呼応するかのように、滝つぼの底から地響きのような音が湧きあがる。

オオオオオォォォォォォォォォォ
滝つぼ全体が鳴っているかのようだ。沢山の人の声が集まっているようにも聞こえる。

滝つぼの中にいた黒い魚のようなものが、水面下に蠢《うごめ》いていた。

「急いであがろう。立てるか？」

「はいっ」

聖に腕を支えられ、よろめきながらも立ち上がる。

崖といっても、とっかかりが多く摑《つか》みやすいため、登れないほどではない。聖に背中を押されながら登っていくと崖の上の景色は一変していた。

抜刀した誠悟を大悟が軍刀で抑えている。その隙に、庄治と管狐たちが生贄《いけにえ》の人たちの縄を切っていた。自由になった人から順に、鍔迫《つばぜ》り合いをしている誠悟大悟親子の横を駆け抜けて逃げていく。

どうにか崖の上へとあがってきた多恵に、一人の少女が駆け寄ってきた。牢屋《ろうや》で話した子だ。

「お姉ちゃん、大丈夫!?」

「うん。ありがとう。大丈夫だよ」

早く逃げればいいのに、多恵が心配で残っていたのだろう。多恵もすぐに立ち上がろうとしたが、急いで崖を登ったときにくじいたのだろうか。足首に鋭い痛みが走って、再びその場に座り込んでしまう。

「私はちょっと休んだらいくから、あなたは早く逃げて」

多恵が促すと、少女は多恵と聖を見比べたあと、こくんと小さく頷《うなず》いた。そして、胸元に手を入れて何かを取り出し、多恵の手に握らせる。

「これやっぱりお姉ちゃんが食べて。きっと元気出るよ。じゃあ、わたし、先に行ってるね！」

少女はにこっと笑うと、走っていった。多恵は手に渡されたものをまじまじと見つめる。それは多恵が少女にあげた柏餅《かしわもち》だった。まだ懐紙に包まれたままだ。大事に持っていてくれたのだろう。

「ありがとう」

多恵の表情がほころぶ。そのときだった。

ウォォォォォンウォォォォォォォン

咆哮《ほうこう》があたりに響き渡った。崖の先端にいた司が右手を振り上げる。それと同時に地面が大きく揺れ出した。

滝つぼの中から黒い爬虫類《はちゅうるい》のような巨大な顔が伸びあがり、そのままぐんぐんと天に向かって昇りだす。滝つぼと同じくらいの胴回りがあり、蛇のような鱗《うろこ》で覆われた長い身体がどんどん出てきた。蛇と違うのは、ところどころ小さな脚がついていることだ。

これほどの巨大な顔と長い胴を持つものが、どうやってこの滝つぼに収まっていたのか不思議なほどだった。とても収まり切れる大きさではない。

見えない透明な階段をのぼるようにして天に昇り、滝つぼの上を大きく円を描きながら飛んでいるのはまさしく『龍』だった。

しかしその身体は腐敗しているのかところどころ鱗が剝《は》がれ落ち、肉が削れてあばら骨が見えているところもある。

加えて、あたりに耐えがたいほどの腐臭が漂う。

さきほど司が投げ込んだ川の主が、滝つぼに澱《よど》んでいた怨念《おんねん》を贄《にえ》にして巨大な腐龍《ふりゅう》として蘇《よみがえ》ったのだ。

しかも龍の全身を太い鎖がしばっている。喉元《のどもと》のあたりには、人の手のようなものが無数に重なり合うようにして張り付いているのまで見えた。

「逆鱗《げきりん》に触れ続けることで凶暴化させ、操ろうとしてるのか」

聖が怒気を孕《はら》んだ声で唸《うな》る。

あの鎖は、司が腐龍を従えるために施した術なのだろう。

腐龍の咆哮は苦しさのあまりにあげた悲鳴のようにも聞こえた。

「父さん！　もうやめてくれ！」

聖は血切丸を摑んだまま、司に向けて叫ぶ。しかし、司はちらりと聖に視線を向けただけで、表情一つ動かさない。

「邪魔だてするなら、お前といえど容赦はせぬぞ」

冷たい声で司が告げたかと思うと、苦しそうに身体をくねらせながら飛んでいた腐龍が急に方向を変えて聖の方に高速で向かってくる。

「くそっ」

聖は多恵を守るように前に出て、血切丸を構え腐龍と正面から対峙《たいじ》した。刀の柄《つか》を両手で摑んでいるため印は切れないが、それでも口で素早く真言を唱えた。血切丸の周りに桜の花びらが巻き起こる。

腐龍が大きな口を開けて嚙《か》みつこうとしたところを、桜吹雪が絡みつく。視界を失った腐龍の横っ面を、聖は血切丸で思いきり斬りつけた。

ウォォォォォンン
腐龍が上空に逃げていく。人は天まで昇れないことを知っているのだろう。聖と多恵のいるすぐ横を、腐龍の長い身体が通り過ぎていった。

尻尾《しっぽ》の先が崖《がけ》の岩を削りながら通り過ぎようとしたとき、一つの人影が尻尾に飛びついた。

大悟だ。

「聖、こっちは任せとき！」

腐龍の尻尾に片手でしがみついた大悟が、元気に手を振っている。その周りには数匹の管狐も見えた。

誠悟はどうしたのかと視線を向ければ、庄治が拳銃《けんじゅう》を向けて誠悟の行動を制していた。その足元には、残った管狐たちが、『シャーッ』と毛を逆立て目も吊《つ》り上げて威嚇している。

ウォォォォォンウォォォォン

腐龍は高くまで昇っていく。大悟の姿はすでに目を凝らさないと見えなくなっていた。多恵は彼が落ちないかと心配になるが、聖は龍のことを大悟に任せたのだろう。血切丸を手にしたまま司の方へと駆け寄った。

司はすぐに印を切る手を止めて、腰に下げていた刀を抜く。

鋭い金属音をあげて二つの刀がぶつかった。

「父さん！　もうやめてくれ！　あなたのやり方は間違ってる！　誰も彼も不幸にするばっかりだ！」

聖は必死に訴えかける。しかし、司の表情は相変わらず冷淡なままだ。冷めた視線で息子を見つめた。

「お前こそもう少し非情になる必要がある。そんなことでは最も守りたいものすら守れないではないか。では、どうすれば地獄の門を閉じられるというのだ？　お前により良い方法などみつけられるのか？」

問答をしながらも、二人は何度も刀を打ち付けあう。親子の命のやりとりに、血切丸が喜んでいるかのようにリィィィンと甲高く鳴った。

足をくじいた多恵は逃げることも敵《かな》わず、はらはらとしながら親子の対決を見守るしかなかった。拳《こぶし》を握りそうになって、右手に柏餅を握っていたことを思い出す。さっき少女から受け取ったものだ。

この柏餅は、十和子の味を再現したものだ。

（十和子様だって、愛するご家族の幸せを願って端午の節句に柏餅を作っていたんだろうな。もしいまのお父さんと聖さんの姿を見たら、十和子様はどう思われるかな）

司は妻が死ぬとき、息子を守ってくれと頼まれたから、その約束を守るために行動していると語っていた。深く妻を愛しているのは間違いない。それはいまも、きっと。

聖も、十和子の味は懐かしい思い出の味だと言ってくれた。多くの人がそうであるように、彼もまた心のどこかで母を恋しく思っているにちがいない。

（二人とも十和子様を想っているのに、なぜこんなにも食い違ってしまうのだろう）

二人に大事に想われているのと同じように、十和子もまた二人のことを大事に想っていたことだろう。その二人が争って、哀しくないはずがない。それは多恵だって同じだった。そう思ったら辛抱ならなくなり、多恵は二人に向けて声をあげていた。

「私、やっぱり、いまの司さんの姿を十和子様が望んでいたなんて思えません！」

一瞬、司の視線がこちらに向けられるものの、聖の刃《やいば》を受け流すためにすぐに聖に集中する。それでも、多恵は話し続けた。聞いてくれてはいる。それなら自分の想いを伝えたかった。ここにいる中で、十和子に一番近い想いをもっているのは多恵だと思ったから。

「私、いつも聖さんの夜食を作るとき、とても幸せな気持ちになるんです。聖さんが美《お》味《い》しいって言ってくれたら嬉《うれ》しいな。これを食べて明日《あした》も健やかでいてくれたら嬉しいなって」

上空では、腐龍が身体をくねらせて飛んでいる。身体にとりついた大悟たちを振り落とそうとしているかのようだ。

「きっと十和子様も同じだったと思うんです。十和子様も家族のために和菓子を作るとき、お二人の美味しそうな顔だとか健やかな様子だとかを想像して愛情をもって作っていたと思うんです。だって、十和子様の味は、とても優しくて心があたたかくなるから」

手のひらの中の柏餅を見つめた。十和子も、司や聖の喜ぶ顔が見たくて季節の和菓子などを作っていたことは想像に難くない。

多恵はゆっくりと立ち上がると、二人に語り掛ける。

「お二人が目指しているものは同じなんでしょう？　同じ未来を望んでいるんでしょう？　だったら、なぜお二人が戦うんですか。十和子様はそんなお二人の姿を望んでなんかいなかったと思うんです。ともに協力し合って問題に立ち向かっていく姿を夢見てたと思うんです。……私も、そうだから」

多恵が語り掛けている間も、司と聖の刀の応酬は続いていた。多恵の目には、ほとんど互角に見える。聖が一歩踏み込んで血切丸で斬りつけるのを、司は半歩下がってどうにか刀で受け流す。司はもう、崖の先端まで来ていてそれ以上下がりようがなかった。

そのとき、上空を飛んでいた腐龍が一際大きな声で鳴いた。

ウォォォォォォォン……

見上げると、大悟が腐龍の喉元に重なった大きな人間の手のようなものに軍刀を突き刺したところだった。腐龍は激しく身体をくねらせる。おそらくあそこが腐龍の弱点なのだろう。

その拍子に大悟の身体が腐龍から滑り落ちそうになった。

思わず多恵は目をつぶるが、そっと目を開けて確認すると管狐たちがみんなで龍の上から大悟の服を引っ張って落ちないようにしていた。

大悟は管狐たちの助けを得て再び腐龍の身体によじのぼり、人間の手のようなものが重なるところに突き刺した軍刀をさらに深く刺す。

ウォォォォォォォォォォォ

断末魔のような龍の鳴き声とともに、手のようなものがはらはらと落ちていく。それにつれて、腐龍の抵抗もしだいに止んでいった。

崖の上でも、司と聖の対決は聖が押し始めていた。聖が鋭く斬り込んだ刃を、司はなんとか刀で受け止めるものの既に息が弾み始めている。体力的に限界が迫っているのだろう。一方、聖はまだひとつも呼吸を乱れさせてはいない。次の一太刀、聖が強く振り下ろした刀が、ついに司の刀を叩《たた》き落とした。刀は崖の下へと転がって滝つぼの中へ落ちていく。司の右手からはぼとぼとと血が滴り落ちていた。

聖は司に血切丸の刃先を突き付ける。

「父さん、降参してくれ」

勝負はついた。司はその場に膝《ひざ》をつく。

「……私がお前に負けるとはな」

もう抵抗の意思はないようだった。司の顔には苦笑が浮かんでいたが、どこかすがすがしさすら感じる笑みにも思えた。

多恵は足首の痛みを堪《こら》えながら聖のもとにゆっくりと歩いていく。

聖と視線を交わした。その仕草だけでお互いの無事を確認して安堵《あんど》する。

多恵は聖に微笑みかけたあと、司の前にしゃがんで手に持っていた懐紙を開き、柏餅《かしわもち》を彼に差し出す。

地面に膝をつき項垂《うなだ》れていた司は、柏餅を見て怪訝《けげん》そうに顔をあげた。

「少し埃《ほこり》がついちゃったけど、いかがですか。できるだけ十和子様の味を再現してみたんです」

司は目の前に差し出された柏餅をじっと見つめていた。

多恵は一旦《いったん》差し出してはみたものの、よく考えたらこんな場面で差し出すのは不相応だったかなと思い直して、

「すみません、手渡しなんてはしたないですよねっ。屋敷に戻ればいくらでも新しいのを」

柏餅を引っ込めようとしたが、それより一瞬早く、司が多恵の手ごと柏餅を摑《つか》んだ。

「いや、これでいい」

多恵が手のひらを開くと、司は柏餅を受け取る。

「やはりな。お前にはわずかだが神気の気配がある。お前が作ったものは神気が宿っているのだな」

「え？　しんき……？」

何を言われたのかわからずきょとんとする多恵だったが、司は多恵から手を離して柏餅の葉を剝《む》くと、黙って食べ始めた。黙々と食べる姿は、聖と似ているなと多恵は感じる。ゆっくりと味わうように食べた司は、しみじみとした声で呟《つぶや》いた。

「ああ、これは確かに十和子の味だ」

すると、彼の身体から黒い靄《もや》のようなものがふわりと抜けて霧散した。

その靄の残滓《ざんし》を司は複雑そうな目で見つめる。

「私もまた瘴気《しょうき》に囚《とら》われていたのだな」

同時に、上空を飛んでいた腐龍も陰陽術《おんみょうじゅつ》による支配が解けたのか、龍が身体を動かすたびに巻かれていた鎖も外れていった。

すべての鎖が外れると、龍の頭から尾にかけてが光に包まれていく。やがてパリンという音とともに身体を覆った光が砕けたかと思うと、まるで生まれ変わったかのように艶々《つやつや》とした黒い鱗《うろこ》に覆われた龍が現れる。

龍の首元では大悟が手を振っていた。龍は大悟たちを乗せたままゆったりとした軌道を描いて降りてくる。

司は、まだ彼を警戒して刀をつきつけたままの聖と隣に佇《たたず》む多恵とを見比べたあと、

「聖。お前もまた、大切なものをみつけたんだな。なら、それをゆめゆめ手放すな」

「そうか」と呟いた。

「……わかってる」

聖の声はいまだ硬い。しかし、司はわずかに笑ったように見えた。

そこに大悟と管狐を乗せた龍が降りてきて、多恵たちの傍へふわりと着地した。龍の身体からは先ほどまでの腐敗した禍々《まがまが》しさがすっかり消えて、まるで別の龍かと思うほど活《い》き活きとした活力が満ちていた。鱗は黒く輝き、円《つぶ》らな瞳《ひとみ》は優しく多恵たちを見下ろしている。

しかし、多恵たちが龍に気を取られた一瞬の隙をついて、司はその場から姿を消していた。誠悟もいつの間にかいなくなっている。

「霊道に逃げられたな。霊道を操る妖《あやかし》『隠し神』を使われた」

聖が悔しそうにするが、そこに風に乗って司の声がささやきのように耳へと届く。

『私は鷹乃宮には戻らない。地獄の門はひとまず、いまある力でできうる限りの処置をしておくが、そう長くはもたないだろう。聖よ、それまでに地獄の門を閉じる方法を見つけろ。私も模索を続ける。また、会うこともあるだろう』

それきり、もう司の声が聞こえることはなかった。

「行ってしまったな」

嘆息交じりに言うと聖は血切丸を腰の鞘《さや》へとしまう。

「そうですね。司さん、鷹乃宮の屋敷へいらっしゃったら、作り立ての柏餅もごちそうできるのに」

それに司から直接十和子の話を聞ければ、聖にももっと沢山の懐かしい味を作ってあげられるんじゃないだろうか。そんなことを思っていたら、ふいに聖の手が多恵の肩にのびて、そのまま抱きしめられた。

「聖さん？」

驚く多恵に、聖は切ない声で告げる。

「多恵がいなくなったと知ったとき、天地が崩れるようだった。良かった、無事で……

本当に、良かった……」

多恵の存在を確かめるように、聖はぎゅっと強く抱きしめる。

多恵は彼を見上げて、柔らかく微笑みを浮かべた。

「助けてくださって、ありがとうございます。聖さんが来てくれて、本当に嬉しかったんです」

聖が助けに来てくれなかったら、あのまま滝つぼに沈んでいたことだろう。龍を復活させるための生贄《いけにえ》になっていたにちがいない。それを思うといまさらながら怖くなる。

身体が震えて足がすくみそうになるが、包み込むように抱きしめてくれている聖の存在のおかげでなんとか恐怖心をやりすごすことができた。

辛《つら》かった気持ちも不安も、彼から伝わってくるあたたかさで解けていく。彼に身体を委《ゆだ》ねていたら、聖が申し訳なさそうに続けた。

「君がいなくなってはじめて、どれだけ君が俺にとって大切な存在かを思い知ったよ。いや、前から気づいてはいたけど、その……」

多恵を見つめる聖の瞳が愛しそうに揺れる。

「多恵、これからもずっと俺の傍にいてほしい。君は俺にとってかけがえのない人なんだ」

それって契約とか関係なく、傍にいてほしいということだろうか。

だとしたら、願ってもないことだった。多恵自身も、聖の傍にいたいと思いつつも、いつか終わってしまう関係だということに言いしれぬ寂しさを感じていたから。

そんな寂しさも、聖の言葉が心に染みわたって癒してくれる。多恵も彼を見つめ返すと、微笑みで応《こた》えた。

「私もです、聖さん。これからもおそばにいさせてくださいね」

本心からの言葉だった。

そこに龍から降りた大悟がタッタッと駆けてやってくる。

「そうやでそうやで。多恵ちゃんがいなくなって、こいつ、ほんまに危ぅかってんから」

「言うな、馬鹿」

大悟に応じる聖は、照れくさそうに顔をわずかに赤らめた。


その後、捕らわれていた人たちも無事に全員保護し、家族の元へ帰すことができた。

『隠し神』そのものを捕まえることはできなかったものの、事件は一応の解決を見たのだった。

司がどこへ消えたのか、どこでどうしているのかはわからない。だけど、いつか鷹乃宮に戻ってきて、聖とともに食卓を囲む日がくることを多恵は密かに願っている。

龍は移動させやすいように聖の術でいったん魚の姿に戻して帝都へ連れ帰った。

数日後の良く晴れた日に、多恵と聖、大悟と庄治の四人は汽車と馬車を乗り継いで山間部へと出向いた。

山の中腹に雪解け水が集まってできた清流が流れている。この清流は海へ流れ込むころには大きな川となるという。しかし、十年ほど前にこの川の主が寿命で死んでしまって以来、たびたび氾濫《はんらん》を起こすようになっていた。その川の新たな主としてこの龍を迎えることにしたのだ。

聖が祝詞《のりと》を上げたあと、多恵が手桶《ておけ》の中の黒い魚を清流へと放つ。すると、魚はみるみる巨大な龍の姿へと戻っていき、ぐんぐんと清流を遡《さかのぼ》りはじめた。やがて水面《みなも》から飛び出し、天へと駆けだす。円を描くように天を駆ける姿は圧巻だ。

「うわぁ、立派なもんやなぁ」

感嘆の声をあげる大悟の横で、庄治が熱心に一部始終を帳面に書き込んでいた。あとで報告書にあげるのだろう。

多恵は聖の隣に立って、龍を眺める。

「すごく嬉《うれ》しそうですね。良かった。この川を気に入ってくれたみたい。それにしても、なんて大きくて、美しい姿なんでしょうね」

「龍は幸運の象徴でもあるんだ」

ぽつりと呟いた聖の言葉に、多恵はくすりと微笑む。

「じゃあ、私たちにもとびっきりの幸運が訪れるといいですね」

聖がやさしい瞳で多恵を見つめた。

「そうだな」

二人仲良く寄り添って、空を見上げる。
龍はそんな二人を祝福するかのように、いつまでも悠然と空を舞うのだった。

本書は書き下ろしです。この作品はフィクションであり、登場する人物・地名・団体等は実在のものとは一切関係ありません。

帝《てい》都《と》契《けい》約《やく》嫁《よめ》のまかない祓《ばら》い

忘《わす》れられない柏餅《かしわもち》

飛野《とびの》 猶《ゆう》

令和７年 ２月25日　初版発行

発行者●山下直久

発行●株式会社KADOKAWA
〒102-8177　東京都千代田区富士見2-13-3
電話　0570-002-301（ナビダイヤル）

角川文庫 24537

印刷所●株式会社暁印刷
製本所●本間製本株式会社

表紙画●和田三造

ISBN 978-4-04-115823-4　C0193

◇◇◇